Wolfswinter

Für eine informierte Leseentscheidung finden sich Content Notes auf S. 91.

Cover und Illustration: C. F. Srebalus
Lektorat: Marie-Luise Meier und Ida Nadine Eisele
Korrektorat und Satz: Ida Nadine Eisele

Die musikalischen Sonderzeichen sind in der Schriftart Musical-Symbols von http://www.schriftarten-fonts.de gesetzt.

Die Publikation und Verbreitung erfolgen im Auftrag der Autor*innen, zu erreichen unter:
Lektorat Beryll, Ida Nadine Eisele,
Brennereistraße 5, 71282 Hemmingen

ISBN 978-3-384-41770-1

Autor*innenkollektiv Winterworte

Wolfswinter

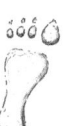

Anthologie

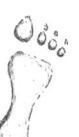

Inhalt

Wolfswinter:

Geschichten vom Hunger

»Homo homini lupus«
(Der Mensch ist dem Menschen ein Wolf)

Wenn diese Anthologie das Licht der Welt erblickt, ist es Winter. Die Bäume haben ihr Laub von sich geworfen, der Himmel ist eine Melange aus Grautönen und an den Fenstern blühen Eisblumen. Das Zwielicht hält die Sonne fern und die Dunkelheit kommt früh. Manche machen es wie die Bären und rollen sich unter Decken zusammen, vielleicht mit einem wärmenden Buch in der Hand. Andere treibt es hinaus in die Parks und Wälder. Dort, wo im Frühjahr und Sommer noch Tiere ihre Tierdinge gemacht haben und Menschen ihren Menschensachen nachgegangen sind, ist es nun still.

Heutzutage verbinden wir diese Stille mit Besinnlichkeit. Wirft man jedoch einen Blick in die Vergangenheit, so hatte diese Jahreszeit eine ganz andere Bedeutung. Der Winter markierte bestenfalls eine Periode des Ausharrens, schlimmstenfalls aber Vergänglichkeit. So geht Ragnarök, dem Untergang der Welt, der dreijährige Fimbulwinter voraus. *Vargavinter* – Wolfswinter – ist ein anderes Wort für den längsten aller Winter; für den Anfang vom Ende.

In dieser Anthologie wollen wir uns dem Wolfswinter widmen – mal wortwörtlich, mal im übertragenen Sinne. In der Kälte von Vergangenheit, Gegenwart und Zukunft fragen sich unsere Protagonist*innen, ob ihr Winter eine Periode des Ausharrens ist oder das Ende. Dabei eint sie eines – der Hunger. Damit ist nicht unbedingt nur das Bedürfnis nach Nahrung gemeint: Im poetischen Sprachgebrauch ist *hungern* ein heftiges Verlangen. Unsere Figuren hungern nach Liebe, Anerkennung, Frieden und Gesundheit. Sie hungern nach Gleichberechtigung, nach finanzieller Stabilität und nach Glück. Und dieses Verlangen – dieses Hungern – macht etwas mit ihnen. Es verwandelt sie. Es zeigt, welches Tier sich hinter ihrer Menschenmaske verbirgt.

Dabei haben wir uns einem Tier besonders verschrieben: Der Wolf ist der Inbegriff des Winters und des Hungers. Seit jeher ist er als Menschenfresser verschrien, als Feind rotmanteliger Mädchen. Zur selben Zeit gibt es jedoch kaum ein Tier, das so eng mit dem Menschen verknüpft scheint – so eng, dass der Übergang von Wolf und Mensch oftmals fließend ist.

Und so wie Wolf und Mensch nur wie zwei Seiten derselben Münze wirken, sind in unserer Anthologie auch Mensch und Monster nur einen Kälteeinbruch voneinander entfernt. Nicht alle Geschichten, die wir erzählen, sind düster, doch keine verlässt das winterliche Zwielicht. Wer bestimmten Monstern und menschlichen Vergehen gern mit Vorsicht begegnen möchte, dem empfehlen wir, einen Blick in die Content Notes am Ende des Buches zu werfen.

Und letztlich bleibt uns nichts übrig, als euch wackeren Leser*innen einen weichen Sessel, eine wärmende Decke und viel Spaß zu wünschen.

Mit wölfisch-winterlichen Grüßen

Marie und Nicole
für das Autor*innenkollektiv Winterworte

Immenwolf

Marie Meier

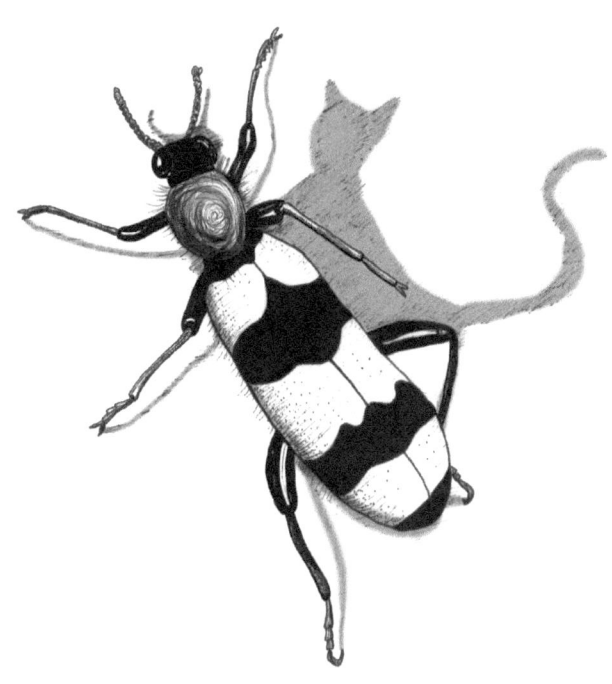

Im Wald lebt ein Wolf und er hat Hunger. Seine Augen lodern im Dickicht, von seinen Zähnen tropft Geifer. Wenn sich die Dunkelheit über das kleine Dorf legt, dann ist der Wolf bereits auf der Pirsch, um die Schwächsten unter ihnen zu reißen. Mit einem Nackenbiss macht er sie mürbe, dann zieht er sie in seine Höhle, um sie zu verspeisen.

Ich spüre seinen Blick, wenn ich Rähmchen, Pfeifen und Wabenzangen zurück in die Regale lege, und ich spüre ihn, wenn ich die Späne zusammenkehre, die vom Zimmern der neuen Bienenstöcke übriggeblieben sind. Wenn ich schließlich die Werkstatttür hinter mir zufallen lasse, dann ist mir, als ob sich sein Atem in meinen Nackenhaaren fängt. Seine Zähne streichen über mein Genick und ich erschaudere.

Ich atme dreimal tief durch, dann drehe ich mich um. Statt zotteligem Pelz und Bernsteinaugen entdecke ich die lungernde Gestalt eines Mannes, der mir munter entgegenzwinkert. Er verströmt ein ruhiges Selbstbewusstsein – wie ein stolzes Tier, das nie den Kopf vor einem anderen beugen würde.

»Ich soll den Honig abholen.« Idan deutet auf den altersschwachen Transporter hinter sich. »Für das neue Hotel. Ihr seid mit dem Schleudern der Läppertracht fertiggeworden, oder?«

Ich betrachte über seine Schulter hinweg die Fahrerkabine des Lieferwagens. Ein Plüschwolf hängt am Rückspiegel und dreht sich in einem Wind, den nur er spürt. Idan taxiert mich und ich sehe weg.

»Vater will dich nicht auf dem Hof, Idan Katz.« Meine Stimme ist schwach, mein Einspruch spröde, doch Idans Ohren sind gut. Er hatte nie Schwierigkeiten, mich zu verstehen.

»Letztes Mal hast du kistenweise Honig über den Hof schleppen müssen, weil dein Alter verrückt ist, Hauke.« Er gähnt und entblößt dabei eine Reihe weißer Zähne. Dann schiebt er ein Lächeln auf seine Lippen. »Gib mir schon die Gläser, damit ich zurückfahren kann.«

Widerstand keimt in mir auf, doch der Reflex, meinen Vater zu verteidigen, ist nicht stark genug, um sich bis zu meinem Mund vorzuarbeiten. Das ist meistens so: Wo Idan Katz ein stolzes Tier ist, das für sich einsteht, fühle ich mich wie ein Schaf, das beim kleinsten Gebell das Weite sucht.

Ich schließe die Scheune auf, in der die metallenen Kessel stehen, in denen ich am Vortag den Herbsthonig geschleudert habe. Es riecht nach Bienenwachs.

Idans Blick fällt auf ein leeres Bienenhaus – eines von vieren. »Habt ihr noch immer Schädlinge? Hat dein Vater deshalb die Bestellung des Hotels angenommen? Ich meine, die Bezahlung ist räudig und –«

»Da vorn sind die Kisten. Hilf mir tragen, Katz.«

Schweigsam verladen wir die Transportkisten, in denen die Honiggläser für den hoteleigenen Souvenirshop klimpern. Als Idan nach den Spanngurten greift, um die Ladung zu sichern, berühren sich unsere Schultern. Ich kräusele die Nase. Er riecht nach trockener Erde, Immergrün und Gefahr. Er riecht nach dem letzten Sommer.

»Pass auf dich auf, Hauke«, verabschiedet er sich. Sein Transporter spuckt eine Wolke aus Abgasen in die heranbrechende Nacht, dann verschwindet das Auto knatternd auf der Landstraße. Ich sehe ihm nach und spüre seinen Blick im Rückspiegel. Aus dem Wald jenseits der stoppeligen Felder höre ich ein Knurren. Es klingt hungrig. – Hungriger noch als letzten Sommer.

Schwärme von Pferdebremsen tyrannisierten das Vieh und die Äpfel vertrockneten an den Bäumen. Es war der Sommer, in dem die ersten verschwanden. Junge Leute waren das, allesamt. Der Wolf, so sagten die Alten, suchte sie aus, weil sie noch nicht die Schläue und Reife ihrer Eltern und Großeltern besaßen. Ganz gezielt lauerte er ihnen auf, um sie auf Nimmerwiedersehen in seine Höhle zu verschleppen. Ich wusste das – genau wie ich wusste, was die Alten sagten: Hauke, sagten sie, würde der nächste sein.

Ein Heulen riss mich aus dem Schlaf. Erst dachte ich, es sei ein Hund, dann schweiften meine Gedanken zum Wald. Der Sog war da – so wie jede Nacht seit ein paar Jahren. Und wie in so vielen Nächten davor gab ich nach. Mein Kopf war leer, als ich meine Hose und mein Shirt anzog. Grillen schrillten, und Bienen grollten in den Stöcken, die wir am Rand der Felder aufgestellt hatten. Der Wald ragte wie eine schwarzgrüne Mauer vor mir auf. Ich leuchtete hinein und ein Paar Bernsteinaugen leuchtete zurück.

Vaters Mundwinkel deuten zum gefliesten Küchenboden. Seine Kiefer mahlen aufeinander und untermauern das Schweigen, das seit einigen Minuten mit uns zusammen am Tisch sitzt. Mutter hat Kartoffeln in Schmalz und Zwiebeln ausgebraten, dazu gibt es Spiegeleier. Beek stochert mit der einen Hand in seinem Essen, mit der anderen kratzt er sich das Kinn, das neuerdings die ersten Bartstoppeln trägt.

»Ist doch egal, wenn der Katz auf dem Hof war. Ist ja nicht so, als ob er was klauen würde, Papa.«

Die Gabel meines Vaters kratzt über das Geschirr und in meinen Schläfen braut sich der Kopfschmerz zu einer ausgewachsenen Migräne zusammen.

»Das weißt du nicht«, schnappt mein Vater. »Das weiß man bei einem Katz doch nie. Die ganze Familie ist verdächtig.« Er deutet mit der Gabel auf meine Mutter, die ertappt innehält und ein Stück kleiner wird. »Tante Gisela hat erzählt, dass bei ihnen noch immer Schafe verschwinden. Jede Woche eins. Und wenn's mal nur bei den Schafen geblieben wäre –« Er unterbricht sich und richtet sein Augenmerk auf mich, als wäre ich daran schuld. Wie meine Mutter schrumpfe ich unter dem Blick meines Vaters zusammen. »Seit die Familie Katz ins Dorf gezogen ist, verkommt alles.«

Drei Jahre ist das her. Ich schlucke den Geschmack von Limonade und Angst herunter. Tante Giselas Herde würde nicht einmal ein Jahr reichen, wenn der Wolf jede Woche ein Schaf rauben würde. Darum geht es aber auch gar nicht, wie alle am Tisch wissen.

»Der Wolf holt alle zwei oder drei Monate ein Schaf, Papa.« Ein Funken Stolz keimt in mir auf. Meine Stimme ist zwar leiser als mir lieb wäre, aber doch laut genug, um meinen Vater noch wütender zu machen.

»Hältst du mich für blöd?« Auf seiner Stirn schwillt eine rote Ader. »Ich weiß, was ich weiß.« Er versucht, sich zu beherrschen, doch es fällt ihm schwer. Er lässt den Wolf fallen und besinnt sich auf das, was er am besten versteht: »Unsere Dorfgemeinde ist wie ein Bienenstock, Hauke. Alles und jeder hat seinen Platz. – Als die Katz kamen, begann das Unheil. Erst das Verschwinden, dann die Schafe, dann auch noch der Immenwolf.«

Mein Vater ist furchtlos, doch wenn er vom Gemeinen Bienen-käfer spricht, dem Immenwolf, senkt er stets die Stimme, als fürch-te er, ihn sonst anzulocken. Unnötig, möchte man meinen, denn schon jetzt ist der Immenwolf auf der Jagd.

Beek ist mutiger als ich – mutiger oder dümmer. »Also denkst du, dass die Familie Katz alle Wölfe sind? Oder nachts zu unseren Bie-nenstöcken schleichen, um dort Schädlinge auszusetzen? Glaubst du das wirklich?«

Vater schlägt ihm das Grinsen aus dem Gesicht. Synchron stehen Mutter und ich auf. Beek verzieht keine Miene, doch seine Lip-pen zittern verdächtig. Mein Vater starrt auf seinen jüngsten Sohn, dann auf seine Hand. Er schnaubt.

»Du bist ein Kiffer – ein Kiffer mit krankem Kopf«, kläfft er mei-nen Bruder an. »Dich trifft's doch sicher auch bald. Weil du näm-lich schwach bist.« Dann fliegt sein Blick zu mir. »Aber du, Hauke, du bist der Schwächste. Ein flüsternder, rückgratloser Idiot. Ich will dir diesen Hof vermachen und du schaffst es nicht einmal, die Parasiten vom Grundstück zu halten. Der Katz tut, was er will, und der Immenwolf labt sich an unseren Bienen. Schämen solltest du dich. Schämen, Hauke!«

Mein Vater nimmt sein Bierglas und verlässt die Küche. Aus der Kehle meiner Mutter dringt ein langgezogenes Schluchzen, dann birgt sie das Gesicht in den Händen. Sie weint still, so wie sie es immer getan hat, und ich weiß, dass sie keinen Trost möchte – keinen Trost, keine Polizei, keine Anzeige, keine Therapie. Was sie stattdessen will, weiß ich nicht. Keiner von uns weiß das.

Ich stehe auf, trete zum Kühlschrank und hole eine Packung Erbsen aus dem Tiefkühlfach, die ich meinem Bruder reiche. Er drückt sie sich auf die Wange. Nicht für Immenwolf und Katz sollte ich mich schämen. Wofür ich mich wirklich schämen sollte, ist die Gelassenheit, mit der ich mittlerweile die Ausbrüche mei-nes Vaters hinnehme. Meine Verzweiflung aber, die ist alt, und aus dem Feuer in meinem Herzen ist mittlerweile ein Schwelbrand ge-worden, rußig und stinkend. Er höhlt meine Seele aus – so wie die Larven des Immenwolfs, die sich gemächlich durch die Brut-kammern der Bienen fressen, bis vom einst emsigen Bienenstock nichts mehr übrig ist als eine leere Hülle.

Nach dem Abendessen schleppe ich mich die Treppe hoch. Mein Körper ist müde, doch mein Kopf ficht Kämpfe aus, die ich nie geführt habe und nie führen werde – mit Vater, Mutter und der Gemeinde. Ich wälze mich in dem kurzen Holzbett, in dem ich schlafe, seit in der Wiege kein Platz mehr für mich war. In meinem Traum fängt das Bett mich ein, wird kleiner und kleiner – so klein wie die Rähmchen, in die die Bienen ihre wohlgeordneten Waben bauen. Es bricht meine Knochen, bis ich hineinpasse, in das perfekte Rechteck, das meine Eltern für mich vorgesehen haben.

Als ich aufwache, sind die Laken feucht von Schweiß und Scham. Ich greife blind nach der Schublade meines Nachttischs, um das kleine Ding herauszuholen, an dem der Geruch des letzten Sommers hängt.

Die heiße Sommernacht ließ mein Shirt kleben. Mein Herz trommelte in meiner Brust, als ich dem Wolf ins Auge sah. Dennoch hatte ich mich noch nie so furchtlos gefühlt wie in diesem Moment.

»Vater will dich nicht auf seinem Land haben, Idan Katz«, flüsterte ich und hielt ihm das Büchlein entgegen, das er mir ausgeborgt hatte. ›Something like Summer‹ stand auf dem Cover. »Ich hätte es dir morgen in der Schule wiedergeben können.«

Sein Lächeln war damals nicht minder wölfisch als heute.

»Und willst du mich hier haben, Hauke Jansen?«

Die Birke, an der er lehnte, raschelte. Ein Vogel huschte durch die Krone und verschwand krächzend in der Nacht.

Ich schaltete die Taschenlampe aus.

»Nein«, erwiderte ich und ergötzte mich an dem verletzten Stich, der seine Miene durchzog. Es war schön, den selbstbewussten Idan ein wenig leiden zu sehen. Es war schön, zu sehen, wie seine Fassade bröckelte, um mir einen Blick auf den verletzlichen Kern zu gewähren, den wir beide teilten. »Aber ich will mich selbst auch nicht hier haben. Ich wünschte, wir wären gemeinsam woanders.«

Am Morgen prangen Hagellöcher in den Blättern der Kürbispflanzen. Der Winter kommt früher als geplant. Vater flucht, greift nach dem Kanister voller Zuckerwasser und eilt zu den Bienen, die ob der kalten und nassen Tage nicht genug Nahrung finden. Der Immenwolf, der Pollen und Bieneneier frisst, tut sein Übriges, um ihnen das Leben hier draußen zur Hölle zu machen. Die Bienen wollen weg – genau wie ich. Ich schleiche aus dem Haus, um Honig auszuliefern und im selben Zug einige Bienenstöcke einzusammeln, die wir am Rande der Felder aufgestellt haben. Als ich ins Auto steige, sitzt Beek bereits auf dem Beifahrersitz. Wir werfen uns stumme Blicke zu, dann fahre ich los.

»Es wurde wieder ein Schaf gerissen.« Das Rattern des alten Dieselmotors ist so laut, dass der Gesang im Radio zu einem Summen verkommt.

»Tante Gisela hat Vater heute Morgen angerufen, um mit ihm nach Spuren zu suchen. Vater ist sich sicher, dass der Wolf schuld ist, und will nun auf die Jagd gehen.«

»Und?«, frage ich zynisch. »Haben sie Idan Katz im Gebüsch gefunden?«

»Schlimmer«, sagt Beek.

Er deutet an mir vorbei aus dem Autofenster. Wir sind mittlerweile im Dorf angekommen, doch die verwaisten Straßen hier unterscheiden sich kaum von denen jenseits des Ortsschildes. Alles hat seinen Platz, seine Ordnung, seinen Gang – wie in einem Bienenstock. Der Jugendtreff, den die Familie Katz leitet, sticht wie ein Regenbogen aus dem einheitlichen Bild aus ockerfarbenem Fachwerk heraus.

›*Wolfshöhle – Jugendtreff und Begegnungsort*‹ verrät einem das weiße Schild neben der Tür. ›*Jede*r ist willkommen*‹.

Idan steht vor dem Eingang, an seiner Seite diskutiert sein Vater mit Idans beiden Schwestern. Sie alle starren auf einen Schriftzug, den jemand über das Schild gesprayt hat.

›SOLCHE WIE IHR GEHÖREN ERSCHOSSEN.‹

Ich bremse scharf und Beek wird in den Gurt geworfen. Er will etwas sagen, doch ich habe bereits die Tür geöffnet. Idans Vater nickt mir grüßend zu. Tiefe Sorgenfalten haben sich unter seine Augen gegraben.

»Wer war das?«, frage ich Idan.

Er hebt die Schultern. Wie auch bei unserem letzten Treffen wirkt er unbekümmert, beinahe heiter. Unsere Augen treffen sich, doch seine wahren Gedanken bleiben mir verschlossen. Wenn er leidet, dann leidet er für sich. Ein Schimmern am Rand meines Sichtfeldes lässt mich stutzen. Ein Fleck prangt auf Idans rechtem Schuh. Er ist rotbraun.

»Vielleicht dein Vater«, meldet sich nun eine der Katz-Schwestern zu Wort. Sie war in der Klasse unter Idan und mir, erinnere ich mich, doch ihr Name will mir nicht einfallen.

»Der war gestern Nacht zu betrunken, um seinen eigenen Namen zu schreiben, geschweige denn hierher zu fahren und 'ne Spraydose zu benutzen.« Beek wirft den Katz-Schwestern einen abweisenden Blick zu.

Ich seufze. »Ich fahre kurz in den Baumarkt, besorge Steinreiniger u—«

»Ich glaube nicht, dass das eine gute Idee ist, Hauke.«

Ich folge Idans Blick zur gegenüberliegenden Straßenseite. Ein ältliches Pärchen steht am Fenster ihrer Erdgeschosswohnung und starrt uns an. Die Miene der Frau ist versteinert, die des Mannes wütend.

»Fahr nach Hause.« Idans Stimme ist ruhig. »Wir kommen zurecht.«

Tausend haarfeine Stiche durchbohren mein Herz. Ein ganzer Schwarm fällt darüber her. Ich schlucke, dann sehe ich zu Idans Vater, der mir bestärkend zunickt.

»Du bist ein guter Junge, Hauke Jansen«, sagt er. »Du weißt, du bist jederzeit hier willkommen, doch es wäre am besten, wenn dein Vater dich nicht mit uns sieht.«

Ich weiß nicht, was ich sagen soll, also sage ich nichts. Schweigsam steigen Beek und ich zurück in den Wagen. Meine Seele ist leer, leer wie die Bienenkörbe, die wir auf dem Weg zum Hotel einsammeln. Nicht einmal der Immenwolf wollte bleiben. Wir liefern den Honig ab, um einen mageren Lohn zu erhalten. Die grell geschminkte Frau am Hoteltresen lächelt zufrieden.

»Wer kauft den eigentlich?«, will Beek wissen.

»Na, die alten Leute«, sagt die Hotelchefin, »die herkommen, um ihre Kindheit noch einmal zu leben.« Als sie den fragenden Blick meines Bruders sieht, fügt sie an: »Hier hat sich ja nicht viel verändert seit ein paar hundert Jahren.« Ihre Zähne blitzen im sterilen Licht des aufgehübschten Bauernhauses.

Als wir zum Hof zurückkehren, dämmert es bereits. Die Stube ist hell erleuchtet und hinter der schweren Holztür grollt mein Vater: »So viele gefressen. Eine ganze Generation.«

Ich frage mich, ob er die Schafe meint – die Schafe, die Bienen oder alles andere. Als ich Schritte höre, straffe ich mich. Die Tür öffnet sich und mein Vater sieht mir entgegen. Statt des Jogginganzugs, den er stets nach der Arbeit trägt, hat er seine alte Jägerkluft am Leib. Sie ist ihm zu eng, doch das scheint ihn nicht zu stören. Über seine Schulter fällt das Licht der untergehenden Sonne. Es fängt sich im Lauf seiner Flinte.

»Manchmal kommt mir der Gedanke, dass du die Schafe getötet haben könntest.«

Er kann schon lange nicht mehr auf mich hinabsehen, denn mittlerweile bin ich größer als er. Dennoch schafft er es mühelos, mich kleiner wirken zu lassen, als ich bin.

»Aber du bist kein Wolf, denn Wölfe sind selbstherrliche Tiere, prahlerisch und wild, wie Idan Katz. Du bist allerhöchstens ein Immenwolf, der sich in den gemütlichen Waben der Bienen einnistet, um dort zu schmarotzen.«

Vater grinst, als er meinen Gesichtsausdruck sieht.

Mein Blick zuckt zu der Waffe. »Was willst du damit?«, frage ich, ohne auf seine Worte einzugehen.

Er hebt die Schultern. »Es beenden. Im Wald neben unserem Haus lebt ein Wolf, Hauke, und er hat Hunger.« Sein Blick liegt starr auf mir. »Du kannst froh sein, dass du damals lebend aus seiner Höhle gekommen bist.«

Das ist keine Antwort auf meine Frage.

Ich gehe auf mein Zimmer. Durch das gekippte Fenster weht ein Lüftchen hinein. Es streicht über das Büchlein zwischen meinen Fingern, das nach Sommer riecht. Ich starre zur Decke und stelle mir den Immenwolf vor, der sich durch die Wabenwände der Bienen gräbt, um Unordnung in die Enge zu bringen.

Idans Arme begrüßten mich im Dunkel einer Nacht, die ich nie vergessen wer-de. Ich erinnere mich an das Rascheln des weichen Laubs unter meinen Füßen, als ich das Gewicht verlagerte, um mich zu ihm zu lehnen. Und ich erinnere mich daran, wie er roch: trockene Erde, Immergrün und Gefahr.

Seine Lippen waren warm, meine kalt, doch das änderte sich rasch. Drän-gende Gesten, gierige Finger unter abgetragenen Shirts. Dann durchschnitt ein Lichtstrahl das Dunkel.

»Hauke?«

Die Stimme meines Vaters war mindestens so grell wie die Taschenlampe, die uns ins Gesicht leuchtete. Er war immer so laut, so fürchterlich laut. Neben mir spannte sich Idan, bereit zum Sprung.

»Was tut der Katz hier mit dir?«

Mein Herz hämmerte in meiner Brust und mein Sichtfeld wurde klein, so als hätte mir jemand Scheuklappen aufgesetzt. Der Schatten meines Vaters zeichnete sich überlebensgroß jenseits der Taschenlampe ab. Er würde meine Mutter verschlingen, meinen Bruder und mein ganzes Leben. Er würde mich den Wölfen zum Fraß vorwerfen. Und dann war man tot für seine Familie, fürs Dorf und für die ganze Welt, die hier, in der Einöde, nicht größer war als eine Gemeinde.

So viele waren in den Jugendtreff gegangen und dann verschwunden – so vie-le, dass den Katz nachgesagt wurde, sie würden die jungen Leute bedrohen oder sogar verhexen. Dabei waren sie bloß fortgegangen – fortgegangen von einem Ort, der nur aus Vergangenheit besteht und keine Zukunft kennt.

»Wir können zusammen weg«, bot Idan leise an, als ob er meine Gedanken lesen könnte. Sein Atem fing sich in meinem Nacken. Fast meinte ich, seine Zähne auf der Haut zu spüren.

In mir wurde alles still. Ich holte scharf Luft und der Sauerstoff ließ mich taumeln. »Ich hab Geräusche im Wald gehört, Papa.« Meine Stimme klang fremd in meinen Ohren. »Katz war hier. Ich sagte ihm, dass du ihn nicht hier willst. Wir haben uns gestritten und –«

Und weil mein Vater nur sah, was er sehen wollte, sprang er mir zur Seite. Er zog mich fort von Idan Katz und schubste ihn ins Laub. »Verpiss dich, Schwulette. Geh zurück zu deiner kranken Familie. Wenn ich dich das nächs-te Mal nachts im Wald treffe, ist's aus mit dir.«

Idan sah zu uns hoch. Kälte und Enttäuschung standen in seinem Blick. Dann ging er, um mit dem Wald zu verschmelzen, aus dem er gekommen

war. – Um zurück in die Wolfshöhle zu schleichen, die seit drei Jahren Gleich-
gesinnte anzog. Gleichgesinnte wie mich.

Der Mond hat alle Wolken von sich geworfen. Er thront voll und silbern über der Schafsweide. Die Bienenstöcke, die am Waldrand stehen, kleiden sich in Stille. Der Immenwolf hat sie alle leergeräumt.

Auf meinen Schultern liegt Mondlicht, auf Idans der Schatten der Birken.

»Warum die Schafe?«, fragt er.

Ich erwache aus meinen Gedanken wie aus einem Traum. »Ich musste irgendwo hin mit all der Wut. Und sie erinnerten mich an ihn – genau wie die Bienen mit ihrer Ordnung und ihrem Gehorsam.«

»Warum er?«, fragt Idan weiter.

Ein Zittern geht durch meine Stimme. »Weil er den Wolf töten wollte. Und was wäre ich ohne ihn? Bloß ein Feigling.«

Zwischen Idan und mir liegt ein Feld aus Bärlauch und der Körper eines Mannes. Seine Flinte versinkt im Grün und auf seiner Halbglatze liegt Mondlicht. Aus meiner Kehle sprudelt ein Laut, halb Heulen und halb Schluchzen. Ich lasse die blutbefleckte Taschenlampe fallen.

Idan öffnet die Arme, um den Wolf in ihnen zu bergen. Die Nacht verzehrt uns und wir verschwinden.

MARIE MEIER ist Literatur- und Medienwissenschaftlerin. Sie schreibt über Menschen, Monster und Metropolen. Daher ist sie vorwiegend in der Phantastik zu Hause, besonders in der Science-Fiction, der Urban Fantasy und dem phantastischen Thriller. Kurzgeschichten von ihr sind in Anthologien und Magazinen erschienen. Mehr zu ihren Projekten findet man auf ihrer Website (www.mariemeier.com) oder bei Instagram und TikTok, wo sie als @coffeeandkismet über Kunst und Kultur plaudert.

Witiko

Ariadne Geiling

Der Wolf taxiert mich, beobachtet. Blut tropft auf Schnee. Im Maul trägt er seine Mahlzeit, ein kleines Fellknäul, vielleicht ein Kaninchen. Ich bin seines Blickes nicht würdig, weniger als ein Ärgernis und als Mahlzeit unattraktiv. Ich versuche, seinen Blick aufzufangen, seine Stärke und sein Geschick in mich aufzunehmen, aber er wendet den Kopf ab und eilt lautlos davon. Weiße Kristalle rieseln von den Ästen, als er wieder im Wald verschwindet.

Ich wate durch den kniehohen Schnee. Langsam, so unendlich langsam. Jede Bewegung ist anstrengender als die vorige. Zumindest ist meine Kleidung noch nicht durchgefroren, auch wenn die Wärme des Feuers schnell schwindet. Meine Hände nehmen den blutbenetzten Schnee auf, kleine rote Kristalle, und ich sauge gierig daran. Metallener Geschmack, so viel besser als alles, was meinen Magen in den letzten Tagen gefüllt hat. Und doch zu wenig, um die Taubheit zu lindern, die wie ein Geschwür aus meiner Körpermitte herauswächst und in jedes meiner Glieder reicht. Sie ist trügerisch, das weiß ich. Zu viele habe ich schon gesehen, die erst vor Hunger und Schmerzen schrien, und dankbar waren, wenn endlich die Taubheit und Stille über sie kam. Und dann starben sie.

Verflucht seist du, Ellen. Möge unser Herr – ja, der Wahre und Einzige, nicht deine heidnischen Götzen – deine Seele in die ewige Verdammnis schicken. Dafür, dass du uns hier hinausgeführt hast.

Ich lecke den restlichen Schnee ab, der am Leder meiner Handschuhe hängen geblieben ist, doch es ist nicht genug. Ich fühle weiterhin nichts. Als ich wütend schnaube, bilden sich Dampfwölkchen vor meinem Gesicht.

Immerhin eine gute Nachricht: Der Sturm hat nachgelassen und ich habe erstmals seit Tagen klare Sicht. Aber die Welt ist eine vollkommen andere geworden. Das, was ich für den Weg halte, ist unter weißen Massen begraben.

Ich drehe mich um und sehe Ellen ein paar Meter von mir entfernt stehen. Sie ist zurückgeblieben, hat Abstand zum Wolf gehalten und wartet unter einer Fichte. Vielleicht hat sie noch etwas, das sie mir geben kann. Meine Füße treten in die Schneisen, die sie selbst gerade eben geschaffen haben. Es fühlt sich an wie Stunden, doch die Sonne bewegt sich kaum von ihrem Platz.

Ellen starrt mich an. Ein rundes Gesicht in einer Masse aus Biberfell und Leder.

»Wir haben noch etwas zu tun.«

Ich will etwas sagen, sie verfluchen oder um Hilfe bitten, aber sie beachtet mich nicht weiter. Sie bewegt sich schneller als ich, selbst jetzt noch. Mein Körper will ihr nicht folgen. Ich könnte zurück zu unserem Unterschlupf gehen, auch wenn es den restlichen Tag dauern würde. Die tote Asche knistert laut und einladend aus der Ferne. So warm. Ich bin sicher, dass ich das Feuer wieder entzünden könnte. Oder brennt es vielleicht sogar noch? Ein kleiner Haufen aus Fell und Leder, der mein Kopfkissen war, lockt mich. Ich könnte ruhen.

»Wir haben noch etwas zu tun.«

Sie steht da, wo der Wolf war; ihr Blick gleicht seinem.

Mein Körper schreit stumm, doch ich folge ihr. Die Finsternis flüstert Liebkosungen in mein Ohr, in der Ferne lockt der Gedanke an unseren Unterschlupf, doch ich höre nicht hin. Ellens Blick leitet mich, zwingt mich weiterzugehen. Vorbei an den frischen Fußstapfen, an dem blutigen Ort, weiter in den Wald und zu unserem Ziel.

Wir laufen schweigend; ich spüre die Wärme der Hose und Stiefel nicht mehr. Unser Ziel ist nicht weit, aber wir hatten es zuletzt vor dem Sturm aufgesucht, als der Schnee nur knapp den Boden bedeckte.

Ein Blitzen in meinem Augenwinkel. Eine Bewegung zwischen den Kiefern. Ich halte an und suche nach der Ursache, doch sehe nur Geister. Ein vertrauter Anblick: Harold. Er steht zwischen den Kiefern und lächelt mir zu. Ich danke dem Herrn stumm dafür, dass er mir Gesellschaft schickt.

Harold ist fein herausgeputzt und sieht so stolz aus. Er reicht mir galant seine Hand.

Meine Herren – darf ich vorstellen? Sie ist mit dem letzten Schiff aus London eingetroffen, eine echte britische Lady. Meine Ehefrau.

Ich strecke meine Hand ebenfalls aus, will seine greifen. Gehen wir auf einen Ball? Gibt es so etwas in dieser Wildnis?

Ich zeige dir die Schönheiten der Neuen Welt, Liebste.

So hat er mich lange nicht mehr genannt.

Etwas hält mich zurück, ein Zupfen an meinem Mantel. Der Baum zu meiner Rechten, noch jung und halb im Schnee versunken, schüttelt sich.

»Ihr habt noch etwas zu tun«, knarrt seine Stimme in meinen Knochen. Ich reiße mich los und ein Fetzen Fell bleibt an einem Ast zurück.

Als ob ich das nicht wüsste.

Harold ist verschwunden. Der Tag ist beinah um.

Meine Beine folgen Ellen durch den Schnee, jetzt müheloser und mit neuer Kraft, doch meine Gedanken sind bei Harold. Sucht er mich? Ich reibe mir über die Augen. Nein, ich dumme Gans, das kann er nicht mehr. Da ist ein Knoten in meiner Brust. Schuldgefühle, aber keine Trauer.

Ellen dreht sich nicht zu mir um, sie schwebt geradezu über den Schnee.

»Warte auf mich«, rufe ich.

Ein Kichern. Dann ein lautes Lachen. Von überall um mich herum. Der Wald lacht mich aus. Aus ihm dröhnen die Stimmen der Frauen. Sie spotten in einer fremden Sprache. Ehefrauen, so haben sie sich genannt. Als ob sie mir gleichgestellt wären. Als ob unsere Männer sie nicht nur genommen hätten, weil keine *richtigen* Frauen in dieser Wildnis zur Verfügung standen.

Eine aussterbende Mode, hat mir Harold erklärt. Seine Stimme kommt von vorne, hinter mir, neben mir und in meinem Kopf. *Sie hatten ihren Nutzen. Aus der Not heraus genommen, für die Moral meiner Männer, und um ihre Triebe im Zaum zu halten.*

Dieses verfluchte Lachen. Es wird lauter. Ich halte mir die Ohren zu. Fluche, schreie in den Wald hinein. Die Vertrautheit dieses Geräusches, dazu die Worte in dieser fremden Zunge. Ich weiß auch so, was sie bedeuten. Die Frauen verfluchen mich. Ich lasse mich in den Schnee fallen, so als könnte ich den Lauten entkommen, wenn ich mich wie ein Kind vor ihnen verstecke. Ich grabe tief, vorbei an dem Schnee, hinein in die Erde. Weit weg von hier. Als ich mich zusammenkauere, wächst der Hunger in mir. Ein tiefes Knurren kommt aus meinem Innersten, entweicht aus meiner Kehle.

Die Stimmen verstummen. Selbst der Wolf wäre vor diesem Laut geflohen.

Ich sehe auf, hier sind nur Ellen und ich. Sie schaut mich an, aber ich kann ihren Blick nicht deuten. Dann dreht sie sich um und setzt ihren Weg fort.

Sie stehen nicht auf derselben Stufe wie du, Sarah.

Ich sehe seine Augen vor mir, den Zorn darin. Plötzlich ist mir unendlich heiß. Er hat Recht, natürlich hat er das. Ich sehe Ellen und die anderen Frauen. Keine Ehefrauen, nicht vor Gott. Ich bin Harolds erste und einzige.

Ich streife den schweren Mantel ab und lasse ihn in den Schnee fallen. Er ist mir ohnehin unbequem geworden, zu eng, zu warm. Ich richte mich auf und ich ziehe die Waldluft in meine Lunge.

»Wir haben noch etwas zu tun«, sagt Ellen.

Ein Flüstern aus den Wäldern antwortet. Ich folge ihr.

Die Sonne steht tief, als wir die Lichtung erreichen. Ich erkenne die hohen Fichten, nur wenige Meter voneinander entfernt. Eine lehnt an der anderen. Vor dem Sturm hat mich Ellen schon einmal hierhergeführt. Um unsere knurrenden Bäuche zu füllen und bei ihrem Volk um Hilfe zu bitten. Es war eine naive Hoffnung, erstickt durch den Sturm, der erst alle Wege versperrt und uns dann in die Höhle gedrängt hat.

Zwischen den Fichten, direkt vor mir, reicht der Schnee noch höher. Ellen sieht mich erwartungsvoll an. Ich lege den Kopf schief.

»Wirst du mir nicht helfen?«

Sie bleibt stumm. Ein Windstoß, Glitzerstaub umgibt uns.

Du brauchst ihre Hilfe nicht.

Harold sieht zu mir herüber und nickt mir zu.

Ich schaue auf die Lichtung, seufze, und beginne zu graben. Es ist mühselig. Ich schaufele den Schnee mit beiden Händen fort, aber es dauert zu lange. Die Frauen verspotten mich, ihre Stimmen klingen zwischen den Windböen. Was erlauben sie sich?

Die Handschuhe engen mich ein. Ohne wäre ich schneller. Ich richte mich auf, wickele erst die steif gefrorenen Lederbänder ab, dann schlüpfe ich aus den Fäustlingen und werfe sie zu Boden.

Doch es genügt nicht, es ist immer noch zu eng.

Mit meinen Fingernägeln mache ich einen Schnitt an meinen Handgelenken. Dann rolle ich die Haut zu meinen Fingern hin ab, vorsichtig, so wie einen edlen Seidenhandschuh.

Eine echte Lady.

Die Haut, die darunter zum Vorschein kommt, ist schwarz, hart, vollkommen. Mit scharfen Klauen, die aus meinen Fingerkuppen herauswachsen, und sich ohne Mühen durch mein Fleisch bohren. Ich spüre, wie mir Tränen über die Wangen laufen und dann zu Eis erstarren.

Wir beide, getraut vor Gott.

Er hat mich nicht verlassen, auch in diesem Land nicht. Gelobt seist du, oh Herr, der du mich so umformst, dass ich meine Aufgabe erfüllen kann. Der du mich zu deinem Werkzeug gemacht hast, um unsere Männer und Kinder zu beschützen.

Mit meinen neuen Händen schaffe ich den Schnee mühelos fort. Keine Kälte, keine Schmerzen halten mich auf.

Du wirst ihnen deinen Wert beweisen, höre ich seine Stimme dicht an meinem Ohr.

Ellen schnaubt, flüstert etwas in der Sprache ihrer Volkes. Doch ich höre nicht auf sie, seine Stimme klingt so viel süßer.

Du bist eine Adelige, eine Königin, im Vergleich zu denen.

Als ich lächle, platzen meine Lippen auf. Der metallene Geschmack füllt meinen Mund.

Etwas Dunkles kommt unter meinen Fingern zum Vorschein. Ich schiebe den Schnee beiseite und lege einen Körper frei.

Ellen sieht auf den Körper hinab. Dann schaut sie zu mir, umfasst ihren linken Oberarm und reißt ihn ab. Keine Mühe, kein Aufschrei. Sie sagt etwas, doch ich verstehe es nicht und will es auch nicht verstehen. Sie wirft mir den Arm vor die Füße. Da ist kein Blut. Da liegt nichts. Ich suche ihren Blick, aber sie ist fort.

Da ist nur noch eine Ellen. Die, die vor mir im Schnee liegt, mit Eis an den Lidern und Lippen und dem leeren Mantelärmel, rote Eisblumen, nimbusgleich, unter ihren dunklen Zöpfen. Den ganzen Weg hierher zurück hat sie geredet, so viel geredet in dieser unchristlichen Sprache, geweint und gefleht, voller Hoffnung, dass uns einer der Ihren helfen würde. Erst als wir hierher zurückgekehrt sind, zu den von Wind und Wild ruinierten Fallen, wurde sie endlich still. Weil ihr erst hier klar wurde, dass ihr Volk fort war, unerreichbar für uns, verschwunden in einer Wüste aus Schnee und Kälte.

Ich erinnere mich daran, wie es war, sie zu töten. An die Wut und den Hunger und den perfekten Stein in meiner Hand. Wie ich wieder und wieder auf ihren Kopf eindrosch, um ihre Stimme nicht mehr hören zu müssen. Und wie ich wenige Stunden später zu ihr zurückgekehrt bin.

Die Stimmen schweigen.

Ich lege meine perfekten Hände auf meine Brust. Da ist ein Ziehen in mir, das ich schon lange nicht mehr gespürt habe. Es vertreibt die Taubheit und füllt mich aus. Meine Augen weigern sich, den Blick von Ellen abzuwenden. Jedes kleine Detail ihres kalten Körpers zu erfassen. Mein Herz sehnt sich nach ihr, meine Hände wollen jedes ihrer verbliebenen Glieder aus den Gelenken reißen und mein Mund ... mein Mund sehnt sich nach nichts mehr als nach ihrem Geschmack auf meiner Zunge.

Das Fleisch der Wangen ist das zarteste Stück, sagt man. Ich lecke mir über die Lippen. Meine Zunge muss einen ungewohnten Weg zurücklegen, vorbei an zu großen Zähnen. Der Herr hat wirklich an alles gedacht. Er hat mich zu seinem perfekten Werkzeug gemacht.

Verschlinge sie noch nicht, Liebste.

Ich beuge mich zu ihr hinab, ihr Duft lässt mir den Mund wässrig werden, doch ich zögere. Ich darf nicht nur an mich denken. Ich habe noch etwas zu tun. Ich muss Ellen in die Siedlung bringen.

Ihr Fleisch wird uns alle retten.

Ich lege mein letztes Stück Kleidung ab und stehe nackt auf der Lichtung. Die Kälte kümmert mich nicht mehr und ich brauche mehr Platz. Ich streife mein altes Leben in blutigen Fetzen ab und stehe neu erschaffen da. Mein Körper ist stark und mein Herz so voller Hunger.

Die Stimmen jubeln und danken mir.

Mühelos hebe ich Ellen auf, trage sie in meinen Armen wie eine

Braut. Ihr steifer Körper knackt, doch das spielt keine Rolle. Die Kälte hat ihr Fleisch frisch gehalten. Ihr Duft droht, mich zu überwältigen. Doch ich schließe die Augen, konzentriere mich. Die Stimmen schweigen. Der Wind hält ein. Nichts wagt es mehr, sich mir in den Weg zu stellen.

Bleibe stark in deinem Glauben. Teile sie mit dem Rest der Siedlung.

Der Herr hat mich neu geboren und wird mich führen. Ich rieche jedes Lebewesen in diesem Wald und, ganz schwach, den vertrauten Rauch der Schornsteine. Meine Muskeln dehnen sich, suchen ihre Grenzen, während ich Ellen zurück nach Hause bringe. Wir werden keinen Hunger mehr leiden müssen. Und sie werden mich anbeten.

Ich bin nicht mehr Sarah, Frau von Officer Harold Sterling.

Ich bin die Herrscherin der Neuen Welt.

ARIADNE GEILING (bitte einfach Ari) lebt in Dänemark und verbringt dort viel Zeit vor dem Computer. Das Schreiben verfolgt sie seit ihrer Kindheit wie ein liebgewonnener Nebencharakter, der sich nun endlich ins Rampenlicht drängt. Mehr über sie und aktuelle Projekte gibt es auf Instagram unter @arigeiling.

Der Whisky

Nicole Hobusch

»Er war siebenunddreißig.« Sie blickt auf ihre Fingernägel. Der Nagellack am rechten Daumen splittert ab. »Erst siebenunddreißig. Wir hatten so viel vor. Mit den Kindern in den Zoo. Und im Sommer mal wegfahren, auf den Campingplatz. Das wollte er immer. Tja, haben wir nie gemacht.«

Der Mann nickt. Beinahe unmerklich ändert er seine Position. Das rotkarierte Hemd spannt am Arm, der Stoff wirkt dünn. Wenn der Mann sich zu stark bewegt, könnten die Karos reißen.

Er sitzt ihr gegenüber, zwischen ihnen mehr als zwei Meter Abstand. Ein Tisch dient als zusätzliche Trennung, als ob er Angst hätte, jemand könnte ihn mit einem Hechtsprung angreifen.

»Mit siebenunddreißig, einfach so«, sagt sie und sieht auf besagten Tisch. Ihr Platz ist durch die unangetastete Packung Taschentücher markiert. »Die Ärzte haben gehofft, dass es ein Thrombus wäre, und haben ihm ein Medikament gespritzt, das ihn auflösen sollte.« Sie mustert die Taschentücher, als ob sie überlegen würde, eines zu nehmen, rührt sich aber nicht. »Hat natürlich nicht funktioniert, da war ja nix. Die hatten keinen Plan. Woher auch.«

»Männer verschweigen oft, wenn sie was haben.«

»Oh, das …« Sie lächelt kurz. »Nein, er hat immer ganz schrecklich gelitten. Er hat mir von jedem Wehwehchen erzählt. Wenn er eine Erkältung bekommen hat, sagte er, dass er etwas ausbrütet. Bei Halsschmerzen fragte er mich sofort, ob ich ihm Ibuprofen bringen könnte. Sehr nervig. Und dabei sind die ja nicht mal das Mittel der Wahl, nein, man soll was lutschen und viel trinken. Und es ist ja so frostig draußen. Wann hatten wir zuletzt so einen kalten Winter? Ständig hatte er Schnupfen.«

»Wie lange kannten Sie sich?«

»Siebzehn Jahre. Fast unser halbes Leben.« Ihre Nase kräuselt sich, als sie lächelt. »Wir haben uns mit zwanzig kennengelernt. Wir sind irgendwie gemeinsam erwachsen geworden.«

Der Mann nickt. »Das ist eine lange Zeit.«

Eine Weile sagt niemand etwas.

Dann holt sie Luft.

»Meine Mutter war durch Zufall da, als es passierte. Wir waren mit meiner älteren Tochter spazieren. Ich war schwanger mit

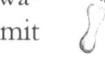

meinem Sohn, es war eine Woche vor dem errechneten Termin. Ich wollte, dass die Wehen in Gang kommen, ich war es leid. Mein Mann und ich haben das Beistellbettchen aufgestellt und die Kommode im Schlafzimmer verrückt. Er hatte vor, nach seinem Mittagsschlaf den Rest seiner To-do-Liste abzuarbeiten. Den Stubenwagen aufbauen, und so.« Sie schüttelt den Kopf. »Wir hatten eine anstrengende Nacht gehabt. Unsere Tochter war zu uns ins Bett gekommen. Wie das halt so ist mit Kindern. Er war müde und ich habe ihm gesagt, dass er schlafen soll.«

»Sie trifft keine Schuld. Es wäre auch sonst passiert. Nur dann vielleicht im Beisein Ihrer Tochter.«

»Ja, das sagt mir jeder.« Sie atmet hörbar durch die Nase aus. Sie ist immer noch verschnupft und die Heizungsluft in diesem engen Büro lässt sie nicht freier atmen. »Ich bin nach dem Spaziergang in die Wohnung, um zu schauen, ob er noch schläft. Er schläft immer lange, was mich total nervt. Ich hab erst auf dem Sofa nachgesehen und halb damit gerechnet, dass er dort mit seinem Handy sitzt oder fernsieht. Aber er war nicht da. Die Schlafzimmertür war geschlossen, deshalb bin ich hochgegangen, um ihn zu wecken. Es war purer Zufall, dass meine Tochter nicht dabei war. Ich nehme sie sonst immer mit. Sie liebt das, den Papa wecken.«

Sie verstummt. Man hört die Uhr auf dem Schreibtisch dezent ticken. Irgendwo klingelt ein Telefon, vielleicht im Nachbarbüro, vielleicht ist es auch das Handy von jemandem, der an der Tür vorübergeht.

»Ich bekomme diese Bilder nicht aus dem Kopf«, zerreißt ihre Stimme die Stille. »Wie er dort lag, auf dem Bett. Ich wusste, dass was nicht stimmt, da war ich noch nicht im Zimmer.«

»Und woher wussten Sie, dass etwas nicht stimmt?«

Sie zögert kurz. »Da war eine Leere. Ich habe ihn angesprochen, aber er hat nicht reagiert. Er sah ganz normal aus. Wirklich so, als würde er schlafen. Ich dachte, er verarscht mich, das hat er oft gemacht. Sich einfach schlafend gestellt, und dann hat er gelacht.« Ihre Stimme nimmt einen nüchternen Ton an, als würde sie einen Bericht vorlesen oder die Handlung eines Films wiedergeben.

»Ich habe ihn gerufen, richtig laut, dann habe ich ihm auf die Wange geschlagen, erst leicht, dann fest, dann auf die Brust. Es war wie ein Traum, aber ich bin nicht aufgewacht, und ich habe irgendwie auch gewusst, dass ich nicht schlafe.«

Der Mann deutet auf die Taschentücher, sie winkt ab. Sie weint sehr selten.

»Ich bin ins Treppenhaus gerannt und habe meiner Mutter zugerufen, dass er sich nicht bewegt. Sie hat gesagt, ich solle den Rettungswagen rufen. Das habe ich auch gemacht. Es hat gedauert, bis endlich einer ranging.« Sie sieht den Mann an. »Das sollte doch eigentlich schnell gehen. Arbeitet da keiner, oder was?«

»Wahrscheinlich ging es schneller, als es Ihnen vorkam.«

Sie zuckt mit den Schultern. »Ich wollte auf den Balkon, weil der Handyempfang so schlecht ist bei uns, aber dieses Mal ist er komischerweise nicht abgebrochen, also der Empfang, nicht der Balkon. Erst wusste ich unsere Adresse gar nicht, sie ist mir nicht eingefallen. Ich habe nur ins Telefon geschrien, dass mein Mann auf dem Bett liegt und sich nicht mehr bewegt. Und der Mann von der 112 hat mich gefragt, ob ich einen Puls spüre. Was hätte ich dem denn sagen sollen?« Sie verdreht die Augen. »Ich bin wieder ins Schlafzimmer und habe gefühlt, ob er atmet. Ich habe ihm meinen Finger unter die Nase gehalten, aber meine Hände waren eiskalt. Ich konnte sie kaum still halten. Dann kam ein Nachbar. Meine Mutter hatte ihn geholt. Der von der 112 hat gesagt, wir sollten meinen Mann auf den Boden legen, auf einen harten Untergrund, und mit einer Herzrhythmusmassage anfangen. Mein Nachbar hat die Fußknöchel gepackt und meinen Mann vom Bett gezerrt. Sein Kopf schlug auf dem Boden auf und ich dachte noch, dass ich ihn hätte stützen müssen, das tut ja weh.« Sie seufzt. »Mein Nachbar war völlig hysterisch. Nach zweimal Pumpen hat er gebrüllt, dass er nicht mehr kann.« Sie schnaubt leise. »Kettenraucher. Schon um fünf Uhr morgens steht der am Fenster und hustet. Dann kam der Rettungswagen. Nach einer Ewigkeit! Die haben sofort mit allem angefangen. Zwei Notärzte, fünf Sanitäter, oder was auch immer die waren. Das Schlafzimmer war gerammelt voll.«

Der Mann nickt.

»Wir mussten ins Wohnzimmer gehen, während die oben weitergemacht haben. Es hat ständig gepiepst. Meine Tochter ist ein Frühchen, ich kenne diese Geräusche. Intensivstation. Alles piepst.« Sie hält kurz inne, als müsse sie diese Gedanken mit Gewalt zur Seite schieben. »In der Vitrine stand diese Flasche Whisky mit Bud Spencer drauf. Mein Mann ist ein großer Fan. War. War ein großer Fan. Ich finde die Filme ja furchtbar. Er wollte den Whisky trinken, wenn unser Baby da ist, nur ein Glas, weil der so stark ist. Und der war echt teuer. Er hat gesagt, der wäre für besondere Anlässe.« Sie seufzt. »Stattdessen kam die Feuerwehr. Die Wohnung ist sehr verwinkelt, sie hätten meinen Mann auf dieser starren Trage nicht rausbekommen, also haben sie es über den Balkon gemacht. Es wurde immer voller. Überall Leute. Das war mir viel zu viel.«

Der Mann nickt. »Das ist verständlich.«

»Die Notärztin kam zu mir und hat gesagt: ›Zum jetzigen Zeitpunkt ist ihr Mann klinisch tot.‹ Ich mochte sie nicht. Sie war so unfreundlich.« Sie starrt einen Moment ins Leere. »Und ich habe geantwortet, dass das nicht geht, dass nächste Woche der ET von unserem Baby ist. Genau eine Woche später. Ich habe diese Flasche Whisky angesehen und Bud Spencer hat mich angegrinst. Wissen Sie, wie das war? Als würde er mir eine verpassen. So richtig. Da gibt es diesen dumpfen Ton in den Filmen und dann fliegen die Leute quer durchs Zimmer. So war das. Die stehen immer wieder auf. Ich nicht. Ich bin liegengeblieben.«

Der Mann notiert sich etwas. Blickt vom Block auf.

Ihr Blick schweift in die Weite. »Und dann wusste ich, was los war.«

»Was los war?«

Sie räuspert sich und sieht den Mann an. »Ja, äh … Ich wollte mit ins Krankenhaus. Ich meine, ich musste ja mit.« Sie rollt mit den Augen und streicht sich eine Haarsträhne hinters Ohr. Für einen Atemzug liegt der Duft ihres Shampoos in der Luft. Frisch und vanillig. »Die meinten, das ginge nicht. Ich habe gesagt, dass ich auf jeden Fall fahre. Dann kam einer der Feuerwehrmänner auf mich zu.« Sie schüttelt den Kopf. »Er hat mich umarmt.

Seine Uniform war ganz kalt.« Sie lacht kurz auf. »Um den hatte ich Angst.«

Der Mann runzelt die Stirn. »Wie meinen Sie das?«

»Ach, ich ...« Sie stockt kurz. »Der war nett. Ist ja nicht normal, dass die einen umarmen. Und geduzt hat er mich. Er hat mir gesagt, dass ich ausnahmsweise ins Krankenhaus darf, aber ich soll auf keinen Fall selbst fahren. Mein Vater stand neben mir und hat sofort gesagt, dass er mich fährt. Ich weiß gar nicht, wann er gekommen ist. Da waren schrecklich viele Leute, alles war so durcheinander.« Sie lacht auf. »Dann hat der Feuerwehrmann den Arm um mich gelegt und mich aus der Wohnung geführt. Ich hatte nicht mal meinen Mantel und Sie wissen ja, wie kalt es draußen ist. Es lag sogar noch Schnee. Und ich mag es nicht, wenn mich Fremde anfassen, doch da war es mir egal.« Sie reibt sich über den Oberarm, als würde sie die Berührung in dem Moment spüren. »Er meinte, wenn ich oder jemand anderes was brauche, soll ich die 112 anrufen. Dann würde sofort einer kommen.«

Der Mann runzelt die Stirn. »Die Nummer der Leitstelle?«

Sie wirft ihm einen Blick zu. »Ja, komisch, nicht wahr? Sie wüssten Bescheid.« Wieder dieses kurze Auflachen. »Überhaupt nichts wussten die.« Sie zuckt mit den Schultern. »Ja, und dann ab ins Krankenhaus, drei Stunden warten, in denen mir klar wurde, dass das Ganze definitiv kein gutes Ende nehmen würde. Dann kam ein Mann, der hat den Arm um meine Schultern gelegt. Wirklich, so viele Leute haben mich angefasst. Der meinte, er sei Gynäkologe und hat mich zum CTG gebracht. Und als ich den Glibber auf dem Bauch hatte und der Gurt richtig saß, haben sie es mir gesagt. Das mein Mann um neunzehn Uhr verstorben ist.«

Er notiert sich wieder etwas.

Sie lächelt. »Was natürlich Quatsch ist. Er ist ja nicht ...« Sie bricht ab.

Ich würde gern die Augen verdrehen. Sie muss sich besser konzentrieren, sie erzählt zu viel. Das macht sie schon immer.

Der Mann runzelt die Stirn. »Was meinen Sie?«

»Oh«, sagt sie gedehnt. Ein Stirnrunzeln deutet zarte Linien auf der Stirn an. »Ja, er lebt in meinem Herzen weiter. Aber er ist tot.

Mausetot. Und wissen Sie, wieso sie mir das erst am CTG gesagt haben? Damit die sehen konnten, ob ich Wehen hatte. Die hatten natürlich Angst, dass ich mein Kind da an Ort und Stelle bekomme.«

Ich wechsle meine Position und strecke ein Bein. Der Mann im Karohemd sieht zu mir und sofort wieder weg. Seine Angst brennt sauer in meiner Nase. Erneut fallen mir die verschlissenen Stellen an den Ellenbogen seines Hemdes auf. Merkwürdig, dass ein Sachbearbeiter mit Kundenkontakt bei einer so großen Versicherung nicht auf seine Kleidung achtet.

»Ich hatte auch Wehen.« Sie lässt die Hand über die Armlehne sinken und berührt meine Stirn. Sacht fahren ihre Fingernägel über meinen Nasenrücken. »Reicht Ihnen das? Wir müssen langsam los, unsere Tochter hat bestimmt wieder Hunger.«

»Ja.« Der Mann ordnet seine Akten mit den Zahlenkolonnen, die unsere Zukunft sichern. Er will Zeit schinden.

Ein Grollen rumpelt durch das Zimmer und ich benötige einen Moment, um zu realisieren, dass es von mir stammt. So vieles, das ich noch lernen muss.

»Alles gut«, sagt sie leise. »Wir gehen.«

Sie steht auf, der Mann ebenfalls. Dann erhebe ich mich. Ein scharfes Einatmen, das Schreck und Überraschung suggeriert, dabei hat er mich schon gesehen, als wir das Zimmer betreten haben.

»Meinen Sie, wir bekommen das Geld schnell?«, fragt sie. »Wir brauchen jeden Cent und seine Lebensversicherung …«

Der Mann nickt, noch ehe sie es ausgesprochen hat.

»Wunderbar.« Sie lächelt mich an und etwas in meiner Brust entzündet sich. Wie damals vor siebzehn Jahren.

»Ist das nicht riskant?«, fragt der Mann, als wir zur Tür seines Büros gehen. »Zwei kleine Kinder und so ein großer Hund …«

»Was?« Sie sieht mich an und lacht. »Nein, die Kinder tun ihm nichts, keine Sorge.«

»Das meinte ich …« Der Mann winkt ab. »Was ist das eigentlich für eine Rasse? Sieht ja fast aus wie ein Wolf.«

Sie lacht und streicht mir über den Rücken. »Ein Werwolf.«

Der Mann lacht ebenfalls. In jedem Atemzug schwingt Unsicherheit mit. »Ist doch gar kein Vollmond.«

»Ach, das alte Vorurteil. Das ist doch eine Erbkrankheit. Wir überlegen, wie er sich zurückverwandeln ... Wir müssen ja noch diesen Whisky trinken.«

Ich knurre leise und spüre das Vibrieren tief in meiner Brust. Ihre Offenheit ist ein Problem.

»Schon gut, reiß dich zusammen«, sagt sie und wickelt sich ihren Schal um den Hals, bis sie aussieht wie eine Katze, die aus einem Wollknäuel herausschaut. Mit einem Lächeln, das ihre Zähne aufblitzen lässt, sieht sie den Versicherungsmenschen an. »Das war ein Witz. Es gibt doch gar keine Werwölfe.«

NICOLE HOBUSCH macht beruflich »was mit Medien«, schreibt überwiegend Phantastisches und hat so viele unvollendete Manuskripte, dass sie längst den Überblick verloren hat. Ihre Kurzgeschichten sind in verschiedenen Anthologien und Magazinen erschienen. Infos dazu und weitere geistige Ergüsse bei Instagram: @nicole.hobusch.

Homo homini lupus

C. F. Srebalus

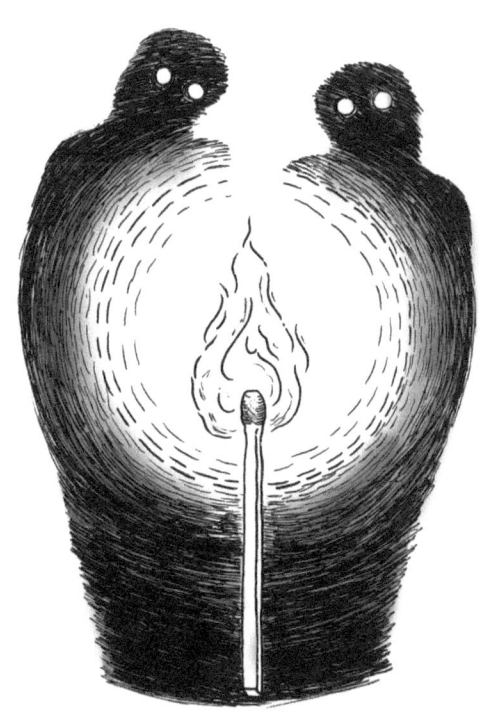

◄══ Ihr langgezogenes Heulen schraubte sich zwischen den Betongerippen empor und wirbelte in wildem Tanz mit den Schneeflocken durch die vor Kälte starre Nacht. Eine neue Stadt, eine neue Suche. Crescendo ertappte sich dabei, wie ihre Finger die feine Schneeschicht auf der Abbruchkante des Balkons zerrieben, um sicherzugehen, dass es keine Asche war. Ihr Heulen erstarb, doch leckte das Echo noch geisterhaft an der Leere zwischen den Häuserschluchten. ══►

Sie ließ ihren Blick über die Ruinen streifen, suchte nach dem Lichtschimmer, dessen Anziehungskraft sie hierhergeführt hatte. Er war schwach und flackerte immer wieder. Sie musste sich beeilen, ihn zu finden. Denn wo Licht war, war auch Wärme.

Hunger strich um eine Hausecke.

»Komm, wir gehen jagen«, flüsterte Crescendo und stieg die Trümmer hinab.

Hunger war nicht immer so groß gewesen, aber der Winter war hart und dauerte schon zu lange an. So lang wie die Nacht, die nicht enden wollte. Mit dem ersten Aschefall war Hunger zu ihr gekommen und sie hatte sich in sein Fell gekrallt, sich an ihm hochgezogen. Seither wanderten sie gemeinsam. Von ihm hatte sie ihren Namen erhalten. Der alte war vergessen. Er war auf den Lippen ihrer Mutter gestorben, so wie alles starb.

Hunger war ihr Freund. Er trieb sie an, wenn sie zu müde war, um weiterzulaufen. Sie schmiegte sich an ihn, wenn sie doch einmal rasteten, und er half ihr bei der Jagd.

Mit ihm konnte sie das Licht wittern.

Der Schnee dämpfte das Geräusch von Crescendos Schritten, *ff* doch ihr Herz pochte laut in diesem Labyrinth aus Schutt und Schatten. Vorsichtig schlich sie die Straße entlang in die Richtung, in der sie das Licht vom Balkon aus gesehen hatte.

»Dort vorne!«, wisperte Hunger.

Sie duckte sich hinter einer Barrikade aus scharfkantigen Autoleichen. Das Metall war vom sauren Niederschlag so porös geworden, dass es unter der Schneedecke die Farbe von geronnenem Blut angenommen hatte. Crescendo erspähte eine Gestalt. Sie saß zusammengekauert im Windschatten einer Litfaßsäule, die

Arme fest um die angezogenen Beine gelegt.

Das Kind schien noch jünger als sie selbst zu sein. Es trug Fetzen, die wenig Schutz vor der Kälte boten, und summte kaum hörbar eine Melodie. *ppp* Feine Atemwölkchen malten das Lied in die Nacht, angestrahlt durch das rätselhafte Licht unter der Haut.

Unwillkürlich streckte Crescendo die Hand aus. Hatte sie endlich eine Wärmequelle gefunden? Doch sie war zu weit weg, um etwas zu spüren. Crescendo bedeutete Hunger, zu warten. Dann stand sie auf und bahnte sich einen Weg durch die Schneewehen über die verlassene Straße.

Verängstigt ruckte der Kopf des Kindes zu ihr hoch. Augen in viel zu tiefen Höhlen starrten Crescendo aus dem schmutzigen Gesicht entgegen. Aber unter dem Schmutz und dem Schmerz lag ein Leuchten. Zart und unstet, aber es war da. Und ein Hauch von Wärme.

»Ich will dir nichts tun«, sagte Crescendo.

Das Kind sprang auf.

»Bitte bleib! Ich hab nach dir gesucht.«

ppp Das Kind zögerte, warf einen Blick über die Schulter. Es machte erst einen, dann einen weiteren Schritt rückwärts.

Crescendo zwang sich, stehen zu bleiben, und zeigte ihre leeren Hände.

Ganz langsam formten Daumen und Zeigefinger des Kindes einen Halbkreis vor seinem Mund. Es schob ihn vor seine Zähne und biss in die Luft dazwischen.

mp »Etwas zu essen?«, fragte Crescendo. Sie kramte gegen besseres Wissen in ihrer Tasche, da schüttelte das Kind den Kopf, wiederholte die Geste und lief los. Bevor das Schneegestöber oder die Dunkelheit sein Glimmen verschluckten, drehte es sich zu Crescendo um und winkte.

Hunger regte sich. Ohne lange nachzudenken, setzten sie dem Kind hinterher. Crescendo bog um eine Ecke, tauchte unter einer gemauerten Einfahrt hindurch in einen Innenhof zwischen zerklüfteten Fassaden, aus deren unvernarbten Kriegswunden leblose Kabel wie Eingeweide hingen. Zu spät merkte sie, dass sie zu viel Schwung hatte. Sie rutschte aus und schlitterte direkt vor die Füße eines Fremden.

Das Kind versteckte sich halb hinter dem großgewachsenen Mann, der Crescendo mit einem Pfeifen begrüßte.

Qualm brennender Autoreifen kratzte in ihrer Lunge. Schwindel ergriff sie. Hier waren Menschen!

Eine Handvoll gebeugter Gestalten scharte sich um das Kind und den Mann. Leere Augen musterten sie. Bei niemandem von ihnen konnte Crescendo das Leuchten wahrnehmen. Sie glichen klaffenden Einschusslöchern in der Nacht.

»Brav, Dim.« Der Mann vor Crescendo tätschelte die Locken des Kindes, das sie hergeführt hatte. Er reichte Crescendo eine Hand. Aber sie rappelte sich ohne Hilfe auf. Einige der Fremden tuschelten, rückten näher heran. *pp* Verschwommene Silhouetten, auf denen der Schnee nicht taute. Nicht so, wie Schnee tauen sollte.

Sie trugen Helme mit Tags, die Crescendo nicht kannte, und standen um einen Einkaufswagen auf improvisierten Kufen herum, über den eine Plane geworfen war.

Crescendo kniff ihre Augen zusammen, suchte nach Anzeichen für Licht oder Wärme.

»Keine Angst, Kleines«, sagte der Fremde und machte eine Geste zu den anderen, die murrend innehielten. »Du bist bestimmt hungrig.«

Hunger knurrte in seinem Versteck.

»Ihr habt Vorräte?« Zögernd kam Crescendo näher.

»Dosenfleisch«, antwortete der Mann mit einem saftigen Grinsen. »Komm, du bist jetzt unter Freunden. Dort draußen ist es nicht sicher.«

Eine ältere Frau mit Strickmütze reichte dem Anführer eine offene Konserve. Der Mann stocherte mit einer Gabel darin und nahm einen Bissen.

»Mmh.« Aufmunternd hielt er Crescendo die Dose hin.

Crescendo versuchte, sich zu erinnern, wann sie das letzte Mal gegessen hatte. Noch weit länger war es her, dass sie gütigen Menschen begegnet war. Hunger winselte. Ihre Finger zuckten gierig.

Hatte das Kind sie tatsächlich an einen sicheren Ort gebracht? Crescendo hatte so lange allein überlebt. Seit Hunger sie begleitete, war die Suche nach denen, die leuchteten, ihre einzige Hoffnung gewesen. Die meiste Zeit war es nur wie eine Witterung in der eisigen Luft. Ein Hauch Wärme. Aber zu wem sie das Leuchten führte, verstand sie noch nicht. Nur, dass die anderen es nicht sahen. Niemand außer ihr sah es.

Vorsichtig streckte sie ihre Hand nach dem Essen aus, da fing sie Dims Blick auf. Dim starrte auf die Gabel wie auf den Lauf eines Gewehrs. Das schwache Leuchten schrumpfte zu einem kümmerlichen Glühen. Dim wich zurück, stieß ungeschickt gegen den Einkaufswagen. Das Gepäck raschelte. Etwas unter der Plane verrutschte. Ein Arm, erkannte Crescendo. *sf* Er fiel leblos über den Rand des Wagens und baumelte über dem gefrorenen Boden, wie die Kabel aus den Fenstern. Im Fleisch klafften Löcher. Ihre Ränder waren gezackt wie der Konservendeckel. Crescendo wurde schlecht. Sie schleuderte die Dose von sich, die scheppernd in einem Hauseingang verschwand.

♭ »Na, na, meine Süße, zeig dich mal etwas dankbarer«, blaffte der Mann und griff nach dem Messer an seinem Gürtel. Die gezackte Klinge glänzte feucht. Crescendos Herz setzte einen Schlag aus.

Eine rote Schneeflocke taumelte vor Crescendos Augen, setzte sich auf ihren Handrücken und hinterließ eine blutige Schliere, als sie schmolz. Crescendo zitterte, obwohl sie nicht fror. Verwirrt sah sie sich um.

Hunger presste neben ihr seine Pranke auf den Brustkorb des Kerls, der sie angegriffen hatte. Gefletschte Zähne schwebten nur wenige Zentimeter vor seinem Gesicht. *sf* Rippen knackten wie Eis auf einem See. Das Geräusch setzte sich in einem Knistern fort, erfasste den Schnee dort, wo er sich mit Blut vollsog. Es breitete sich aus. Leise zerspringende Schneekristalle.

Die anderen waren entkommen. Wankend griff sich Crescendo an die Schläfen, um das Dunkel zu vertreiben, das sich ihrer bemächtigen wollte. Ihre Zunge fühlte sich pelzig an.

Ein leises Schluchzen füllte die Stille.

Das Kind! Crescendo fuhr herum und entdeckte einen

Lichtschimmer am anderen Ende des Hofs. ═══ Kleine Füße in mit Tape umwickelten Schuhen standen am Rande des verebbenden Knisterns. Dims Licht brannte unstet, wie eine Streichholzflamme zwischen Fingern, durch die der Wind fuhr.

═══ »Du! Du warst ihr Lockvogel!«, rief Crescendo.

»Lockvogel!«, stieß sich das Echo wie ein gehetztes Tier von den Wänden der Gebäude ab.

Crescendo überwand den Abstand zwischen ihnen. Petroleum in ihren Adern, entschlossen, zu brennen. Sie packte das Kind, trieb ihre Nägel in das zappelnde, sich windende und schwindende Leuchten, zerrte daran. Verräter verdienten keine Wärme!

Das Kind kreischte und riss seine Arme über den Kopf. Da preschte Hunger in die Lücke zwischen ihnen und zwang Crescendo, loszulassen. Er knurrte sie an, fletschte die Zähne, brachte seinen massigen Körper vor das Kind. Er trieb Crescendo zurück, die erschrocken nach Luft schnappte.

»Was soll das? Es wollte uns ausliefern!«

fp Nun griff die Kälte doch nach ihr. Tränen traten in ihre Augen. Kaum verlagerte sie ihr Gewicht nach vorne, gruben sich die riesigen Tatzen vor ihr in den Schnee, bereit zum Sprung. Wimmernd fiel Crescendo auf die Knie. Ihre Tränen wuschen Spuren auf ihre blutverschmierten Wangen. ⸮

Sie drehte sich zur Seite, griff nach Kapuze und Haaren, zog sie beiseite, entblößte ihre Kehle. Sollte ihr Hunger sie fressen!

Ein Schnauben neben ihrem Ohr, eine kalte Nase, dann eine Zunge, die ihr durchs Gesicht leckte. Sie konnte nicht anders: Sie lachte.

»Sei den Menschen ein Wolf«, ermahnte Hunger sie und schmiegte seine Stirn gegen ihre Brust. Die Kraft dahinter nahm ihr das Gleichgewicht und sie krallte sich in das dichte Fell, um nicht zu stürzen. Dann erhob sie sich und wandte sich zu Dim.

»Ich bin Cresc. Bitte verzeih mir«, flüsterte sie. »Ich hatte die Regeln des Rudels vergessen. Ich bin für dich da.«

Dim riss mit zittrigen Fingern am Kragen der Jacke und legte den blassen Hals frei.

Crescendo blinzelte. Sie stolperte über ihre Füße und sank vor

51

dem Kind in den Schnee, zupfte behutsam die Lumpen wieder hoch. Sie strich Dim über die Locken und legte Stirn an Stirn.

»Kannst du es auch spüren? Zusammen sind wir sicher.«

Die Spannung im Kinderkörper ließ nach und zögernd wanderten zwei kleine, verfrorene Hände in Crescendos Nacken. Eine Weile blieben sie beide in dieser Umarmung sitzen, Hunger wachsam an ihrer Seite.

Dims Finger nuschelten Fragen in die Stille, zeigten auf Hunger, dann auf sich, auf die Stellen, an denen Crescendo nach dem Leuchten gegriffen hatte. Crescendo verstand. Sie tippte sich an Lippen und Kehle und begann zu summen. Atemnebel formte ein Lied in der Luft zwischen ihnen. Dim fuhr mit den Fingerspitzen hindurch und fügte nach einem aufmunternden Nicken von Crecsendo ein eigenes *ppp* Summen hinzu. Die beiden Melodien tasteten aneinander entlang, verbanden sich. Behutsam und lockend. Das zaghafte Licht des Kindes schwoll an, wurde heller und wärmer, *ff* bekam einen Herzschlag und strahlte bald über die Haut hinaus. Dim lächelte. Das Licht hatte nun selbst einen Klang. Gemeinsam lösten sie es heraus, Hand in Hand, bis ein Welpe in Dims Armen lag und gähnte.

Funken stoben empor in die dunkle Nacht, jagten zwischen den Schneeflocken und füllten das Heulen des Windes mit beißenden Zähnen. Die Flammen fraßen sich in die Überreste der Stadt, die sie hinter sich ließen, und setzten den Himmel in Brand, wie ein neuer Morgen.

C. F. SREBALUS arbeitet als Illustratorin und Requisiteurin in Kiel. Sie würde auch *in* der Ostsee wohnen, gäbe es nicht Probleme mit der Post. Die studierte Medienwissenschaftlerin verbindet gern schaurig Phantastisches mit gesellschaftspolitischen Themen.

Mehr zu ihr unter www.cfsrebalus.de oder auf Instagram als @c.f.srebalus und @c.f.srebalus_schreibt.

Der heilige Mahahimal

Mika M. Krüger

Sita friert. Sie ist wegen eines unvorsichtigen Schritts vom Grat abgestürzt, kann sich nun vor Schmerz nicht bewegen und liegt auf dem Rücken im Schnee.

Über ihr kämpfen spitze Schneeflocken um die Vorherrschaft auf dem Mahahimal, dem heiligen Berg. Der Himmel ist grau. Jedes Licht, das sich mühsam einen Weg durch die Flockenwand bahnen will, wird vom Sturm abgefangen und dorthin zurückgeworfen, wo die Vrika leben.

›Die Vrika, wegen denen du das hier überhaupt machst. Heute tanzen sie für dich‹, denkt Sita.

Der Wind peitscht unbarmherzig über das karge Gestein des Gebirgsgrats, gräbt sich in den Schnee und wirbelt ihn auf. Sita stellt sich vor, wie weit oben über den Wolkenbergen die Vrika miteinander spielen. Sie laufen hastig hin und her, greifen sich an und geben dem Sturm so seine Kraft. Ein jahrhundertealtes Rudel, das meist wohlwollend, manchmal verwundert und selten wütend auf die Menschen herabblickt. Sein Knurren meint Sita im Heulen des Windes zu hören.

Wir sitzen als Familie zusammen an der Feuerstelle unserer Hütte und Großmutter erzählt dieselbe Geschichte wie jeden Winter. Von Menschen, die glauben, göttlich zu sein und die Natur bezwingen zu können. Die ohne Ehrfurcht die Spitze des Mahahimal erklimmen, um den wahren Göttern gegenüberzustehen. Den Vrika, die sich im Herbst dort oben zeigen und Demut fordern. Mit blauleuchtendem Fell, goldener Schwanzspitze und allwissenden Augen. Vor ihnen haben die Menschen niederzuknien. Tun sie es nicht, wird der Winter grausam. Nadeln aus Eis fallen vom Himmel und bittere Kälte zwingt alle in die Knie. Eine Strafe für die Respektlosigkeit.

Ich kenne die Geschichte gut, trotzdem schaudere ich. Für mich sind die Vrika Hüter oder Zerstörer der Ordnung. Ihre Rolle verändert sich fortwährend. Doch eins bleibt stets gleich: Wir sind auf ihre Gutmütigkeit angewiesen.

»Ob die Vrika in Höhlen wohnen?«, frage ich meine Großmutter und sie lacht liebevoll. »Das wissen wir nicht«, antwortet sie. »Der Mahahimal mit seinen Vrika birgt etliche Gefahren, die unberechenbar sind. Auch wenn seine Geheimnisse locken, niemand darf ihn unbedacht betreten.«

Eine Warnung, die Sita verinnerlicht hat, die durch ihre Adern fließt wie ein hartnäckiger Fluch. Trotzdem hat sie gelernt, den heiligen Berg zu besteigen und bahnt den Tiefländern den Weg nach oben. Sie kennt alle Routen. Sieht jede Veränderung an den Gletschern, am Gestein oder im Schnee. Vor einem Aufstieg verbeugt sie sich in Demut am Fuße des Mahahimal und betet für ihre Sicherheit.

Ihre Großmutter, wäre sie noch am Leben, würde verständnislos den Kopf schütteln. Sie sah stets von ihrer Hütte hinauf zum Gipfel, sehnsüchtig, ehrfürchtig und ängstlich.

»Du hast dein Schicksal selbst gelenkt«, hätte sie zu Sita gesagt.

Ja, sie hat es selbst gelenkt.

Sita spürt ihre Hände und Füße nicht mehr. Alles ist taub. Zumindest die Kälte ist noch da. Sorgen muss sie sich machen, wenn sie durch ein Gefühl von Hitze abgelöst wird.

Mit der linken Hand tastet Sita nach dem Eispickel. Vielleicht liegt er doch in ihrer Nähe, vielleicht ist er aber auch den Berghang nach unten gerutscht.

»Du musst nicht dort hochsteigen, Sita, nicht für uns. Wir finden einen anderen Weg, uns zu versorgen.« Meine Mutter hat Tränen in den Augen, als ich ihr von meinem Plan erzähle. Viele Menschen aus dem Tiefland wollen einen einzigen, flüchtigen Blick auf die göttlichen Vrika werfen. Dafür zahlen sie viel, denn im Tiefland hält sich das Gerücht: Wer einen Vrika sieht, führt ein langes und erfülltes Leben ohne Leiden. Der feste Glaube treibt sie an, das scheinbar Unmögliche zu wagen.

»Ich weiß«, antworte ich ihr, obwohl ich es nicht glaube. Die Bergführung am Mahahimal ist für mich die beste Art, um Geld zu verdienen. Ich war schon immer gut darin, der Kälte zu trotzen. Auch wenn es stürmte und sich niemand mehr raus wagte, ging ich in die umliegenden Dörfer und habe Brot, Fleisch und andere Waren transportiert. Ich bin stark und geschickt im Klettern. Ein Aufstieg zum Mahahimal bringt mir so viel ein wie monatelange Lieferungen zwischen den Dörfern. Ich werde den Berg bezwingen, auch wenn es gefährlich ist.

Sita bekommt den Eispickel nicht zu fassen. Er ist im Meer aus Schnee verschollen. Sie rollt sich mühsam zur Seite. Ihre Lunge brennt und droht, zu explodieren. Es ist die dünne Luft, die hier oben jeden Atemzug zur Qual macht. Im schlimmsten Fall sammelt sich Wasser in der Lunge, dann ist es schnell vorbei.

Vor der Ankunft der Tiefländer muss Sita zuerst die Route bis zur Spitze sichern. Mit Karabinern und Seilen. Sie sorgt für einen möglichst unkomplizierten Aufstieg, der auch von unerfahrenen Bergesteigern geschafft werden kann. Erst danach erreichen die Tiefländer den Fuß des Bergs und die eigentliche Arbeit beginnt.

Zum Sichern der Route ist Sita in einer Dreiergruppe unterwegs. Sie hängen an Seilen zusammen, sodass ein Sturz leicht von den anderen abgefangen werden kann.

Dieses Mal mussten sie sich am Grat kurz voneinander losmachen. Sita trat auf Schnee, der lose über dem Gestein lag und unter ihrem Fuß nachgab. Ohne Halt stürzte sie ab und rollte einige Meter tief den Berghang nach unten.

Sie hat zu wenig geschlafen und sich überschätzt. Dass sie noch lebt, grenzt an ein Wunder.

Meine Mutter weint nicht mehr, als ich verkünde, dass ich ab sofort jedes Jahr mit den anderen zum Mahahimal aufbrechen und Geld verdienen werde. Ein paar Monate werde ich getrennt von der Familie verbringen. Das ist hart und ich weiß nicht, wie gut mir das gelingt. Meine Geschwister hängen an mir und schluchzen. Sie haben Angst, dass ich nicht zurückkomme.

»Sita, wir wollen, dass du hier bleibst.«

Ich lächle und sage ihnen, dass sie sich keine Sorgen machen brauchen. Sie wollen es nicht hören und beschwören mich, lieber mit ihnen zu spielen oder weiter Waren zu transportieren. Ich streichle ihre Rücken und denke: Selbst wenn ich nicht wiederkomme, dann gleichen die Tiefländer den Verlust aus. Sie fühlen sich für unsere Toten verantwortlich. So oder so werden wir besser leben.

Sita flüstert ein leises Gebet. Oben am Himmel glaubt sie, goldene Flecken zu entdecken. Die Vrika? Es ist etwas zu früh, als dass sie tatsächlich am Gipfel sein könnten, doch wer weiß, vielleicht ist dieses Jahr alles anders.

Sita rollt sich schwerfällig zur Seite, kneift die Augen zusammen und späht in die Richtung, wo sie den Grat vermutet. Schwach zeichnet er sich im Sturm ab. Sie sieht ihn, also kann sie ihn erreichen, sie schleppt sich voran. Ihre Lunge kreischt, alles tut weh. Jeder Schritt ist einer zu viel. Sie kämpft.

»Sita?« Eine Stimme, die vom Grat zu ihr dringt. Es ist Arjuna, einer der beiden, die mit ihr die Route sichern.

»Hier!«, ruft sie. Sie kann es schaffen.

Es ist nicht ihr erster Kampf. Vor zwei Jahren ist sie viel weiter unten beim Gletscher abgerutscht und wäre beinahe auf dem harten Eis zerschellt. Zum Glück hielt sie das Seil, und sie kletterte zurück nach oben. Die meisten haben nicht so viel Glück. Jedes Jahr verlieren sie gute Freunde an den Mahahimal. Manchmal verlieren sie auch Tiefländer, aber das ist deutlich seltener.

Meine Mutter lässt mich nicht mehr los, als ich nach Monaten unversehrt vom Mahahimal zurückkomme. Sie klammert sich so fest an mich, dass ich glaube, sie will mich erdrücken. Meine Geschwister umarmen mich auch. Sie fragen mich, wie es war. Ich erzähle ihnen von den schönen Details meiner Arbeit. Der Berg im Sonnenlicht, das Glitzern des Schnees, der Zusammenhalt zwischen uns Bergsteigern. Die gefährlichen Aspekte spare ich aus. Sie sollen glauben, der Mahahimal sei sanftmütig.

Meine Mutter bedankt sich unendlich oft bei mir. Sie zeigt mir die Sachen, die sie vom Geld der Tiefländer kaufen konnte, und kocht ein Festmahl. Ich bin froh und stolz. Ich bin heil zurückgekommen.

Sita greift die Hand von Arjuna. Er zieht sie hoch und nimmt sie in den Arm.

»Du hättest sterben können.«

Das weiß sie, zittert und klammert sich an ihren Freund. Sie möchte nicht so weit oben am Mahahimal sterben. Vergessen im Schnee liegen bleiben, wo sie niemand findet und keiner die Anstrengung auf sich nimmt, ihren Körper wieder nach unten zu tragen. Auf ewig würde der Schnee über sie wehen und die Vrika enttäuscht zu ihr hinunterblicken.

Bis zur Bergspitze sind es noch einige Höhenmeter, doch Sita ist völlig erschöpft und durchgefroren. Sie wird den Aufstieg abbrechen und ins Camp zurückkehren. Einen weiteren Tag wird sie sich noch frei nehmen, aber übermorgen muss sie es wieder probieren. Ausgeschlafen und hoffentlich so weit gestärkt, dass ihr der Aufstieg gelingt. Mit mehr Demut und den Vrika an der Seite. Das ist ihre Aufgabe und die Tiefländer bezahlen gut dafür.

MIKA M. KRÜGER lebt in Berlin und hat ihren Master in Japanologie abgeschlossen. Sie veröffentlicht Romane und Kurzgeschichten in den Genres Mystery, Dystopie und Dark Fantasy. Ihr Debüt hatte sie 2014 mit dem Krimi *Sieben Raben*. Es folgten zwei Romane und etliche Kurzgeschichten. Während des Studiums reiste Mika mehrfach nach Japan, was ihren Schreibstil maßgeblich beeinflusst hat.

Mehr Infos auf www.dunkelfeder.com oder auf Instagram unter @mika_krueger.

Pêcheuse

Kleiner böser Wolf

Du hast mir gesagt, dass ich sie beschützen soll. Dass ich ihr vieles schuldig wäre. Selbst wenn das bedeutet, dass ich andere betrügen muss? Was hält Gott davon? Ich habe dich nie gefragt.

Leonard hätte Father Bill schon vor langer Zeit fragen müssen. *Dann hätte ich sie vielleicht nicht umgebracht.*

Stets war er still und hielt sich im Hintergrund. Warum? Weil die Menschen ihn hassten. Sie hörten seinen Namen und munkelten sofort: »Das ist Leonard Wolf. Seine Familie hat die Burnsides ermordet und ihr Haus niedergebrannt. Alle sind gestorben, bis auf ein kleines Kind. Und das nur, weil es sich gut versteckt hat. Im Pferdestall bei den Sklaven.«

»Ja, ich weiß«, antworteten darauf andere. »Die Brüder und deren Söhne wurden dafür zur Rechenschaft gezogen. Sie haben ausnahmslos alle mitgemacht und wurden hingerichtet.«

Sie sprachen von Gerechtigkeit. Leonard war nicht der Klügste. Schon als Kind hatte er nicht verstanden, was das Wort Gerechtigkeit bedeutete.

Was ich darüber weiß, das hast du mir beigebracht, Father Bill. Aber ich glaube heute, dass du mir die falschen Dinge beigebracht hast. Nicht mit Absicht, denke ich. Aber du hast keine Ahnung von Gerechtigkeit.

Weil Leonards Mutter lange tot war und der Rest seiner Familie am Galgen gehängt wurde, hatte Father Bill ihn aufgenommen, gemeinsam mit Margaret Burnside, dem Kind, dass sich im Pferdestall versteckt hatte. Im Valley nannten sie alle Innocent Marge.

»Es ist deine Aufgabe, sie zu beschützen«, hatte Father Bill Leonard gesagt. »Die Gräueltaten deiner Familie haben ihr alles genommen.«

Du hast nichts gesagt, als sie mir befahl, die anderen Kinder zu schlagen. Sie hat behauptet, dass ich angefangen habe, und mein Wort gegen ihres war immer wertlos, nicht wahr? Als Folge hast du mich geschlagen, Father Bill. Mit deinem braunen Ledergürtel, nur für dich in Arkansas gefertigt. Wunderschön und schmerzhaft. Ich wollte immer so einen Gürtel haben, bis du mich damit geschlagen hast.

Also entschied Leonard zu schweigen und alles zu tun, um Innocent Marge zufriedenzustellen. Sie wusste, er war ihr Spielzeug, sie hatte sein Leben in ihren Händen. Nur zu oft erzählte sie Leonard, was ihm blühte, wenn er ihr nicht Folge leistete.

»Hängen würdest du, wie deine Brüder und dein Papa. Und alle würden jubeln!«

Warum? Dem kleinen bösen Wolf glaubt man eben nicht.

Lügen lagen in Marges Natur. Und sie liebte es, anderen Leid zuzufügen. Es nährte sie. Als ob der Tod ihrer Familie ein hungriges Biest in ihr geweckt hätte. Jenes, von dem jeder glaubte, dass es in Leonard hauste.

Glauben sie es, weil ich schon immer größer und stärker als die anderen in meinem Alter war? Nein, ich denke nicht. Marge hat die Erinnerung an meine blutrünstige Familie am Leben gehalten. Und ich denke auch du, Father Bill.

Als Marge älter wurde, verließ sie Father Bill und heiratete einen reichen Großgrundbesitzer, der das niedergebrannte Anwesen der Burnsides und das der Wolfs gekauft hatte. Er hieß John Davis. Er war ein Mann mit herablassendem Lächeln und 111 Sklaven. Bei ihrem Kauf hatte er sie sauber durchnummeriert und drei aneinandergereihte Baracken für sie gebaut, die nach Alter und Geschlecht getrennt waren.

Wenn sie geht, dachte ich, wäre ich endlich frei.

Aber Marge bestand darauf, dass Leonard sie begleitete. Von nun an würde er nicht mehr auf dem Boden neben ihrem Bett schlafen, sondern bei den alten Sklaven, die zu schwach für die Feldarbeit waren.

Natürlich folgte Leonard, der kleine böse Wolf. Gleich am ersten Tag schnappten die Sklaven seinen Spitznamen auf und benutzten ihn munter. Sie wussten, er würde sie nicht schlagen. Außer Marge befahl es. Aber Schläge kamen bei ihr mit der Zeit aus der Mode. Vielmehr war Leonard dafür da, ihr Essen zu servieren, ihre müden Füße zu massieren oder Botendienste zu erledigen. Leonard stellte keine Fragen, er tat einfach, wie ihm geheißen.

Ihrem geliebten John hat das nicht gefallen. Er meinte, ich würde ihn an einen kastrierten Ochsen erinnern.

»Dein Verhalten hat mich anfangs noch belustigt, mittlerweile schäme ich mich«, sagte John eines Tages. »Du bist schlimmer als meine Sklaven. Die brennen innerlich, haben einen Willen. Aber du … So langsam widert mich dieses Spiel zwischen Marge und dir an.«

»Wenn ich gehe, wird man im ganzen Valley davon sprechen«, erwiderte Leonard. »Die Menschen werden das nicht hinnehmen.«

»Wenn du nicht so feige wärst, würdest du einfach gehen«, entgegnete John kalt. »Glaubst du wirklich, so wichtig zu sein, dass dich ein ganzer Mob verfolgt?«

Vielleicht hatte er Recht. Es wäre so einfach gewesen. Hast du mir mit Absicht Angst vor den Weiten jenseits des Valleys gemacht?

John hatte erwogen, Leonard von seinem Gut zu werfen. Allein der Gedanke hatte Marge in Rage versetzt. Erst der Krieg gegen die Nordstaaten Amerikas hatte ihren Streit unterbrochen. In seiner feinen grauen Uniform hatte John wie ein General gewirkt. Bevor er sich auf sein Pferd schwang, küsste er Marge zum Abschied, als ob es nie einen Streit gegeben hätte. Während manche der Sklaven weinten, brachte sie keine Träne hervor.

Kaum hatte man das Tor hinter ihm geschlossen, fiel die erste Schneeflocke. Mit John verließ sie der Herbst. Der Winter kam und mit ihm Innocent Marges einsame Herrschaft über Haus und Hof.

Er hätte nicht gehen sollen.

Noch am selben Abend setzte sich Leonard mit Aaron Wilson, dem dienstältesten Sklaven, bei Schnee und Eiseskälte ans Feuer. Leonard teilte mit dem ergrauten Mann eine Flasche Bourbon.

Der gute Bourbon, ein bisschen habe ich noch übrig. Den hat mir John geschenkt. Sollte mein Abschiedsgeschenk sein. Bevor Marge ausgerastet ist. Was hast du mich damals gefragt, Aaron?

»Denkst du, das Leben wird für dich nun schwerer oder leichter, kleiner Wolf?«

Leonard antwortete nicht. Der Bourbon gluckerte in seinen Rachen. Mit einem schmatzenden Geräusch trennte sich der Flaschenhals von seinem Mund. Leonard spürte Aarons Hand auf der Schulter.

»Ich muss dir etwas sagen, Leonard. Aber du musst mir schwören, dass du es nicht ausplauderst! Vor allem nicht vor *ihr*.«

Am Anfang habe ich darüber geflucht, dass du mich eingeweiht hast.

Leonard wandte Aaron das Gesicht zu. Im krausen Haar seines Barts verfingen sich die Schneeflocken.

»Ich habe dir gesagt, das geht nur–«

»Wenn du auf die Bibel schwörst«, beendete Aaron seinen Satz. Er legte die Flasche beiseite und kramte in seinem Mantel. Er holte eine alte, abgegriffene Bibel hervor. Nur der Allmächtige wusste, woher Aaron sie hatte.

»Schwörst du, dass du nichts von dem verraten wirst, was ich dir gleich sage?«, fragte Aaron. »Es ist mit einer Bitte verbunden.«

Leonard legte ohne Zögern seine Hand auf die Bibel. »Ich schwöre bei Gott.«

Aaron drückte ihm die Bibel in die Hände. »Du kannst sie behalten, wenn du willst. Ich weiß, du hast keine.«

Marge hat sie mir weggenommen, als sie betrunken war, und sie ins Feuer geworfen. Hat geschwafelt, dass ich neben ihr keine anderen Götter haben dürfe, und gelacht. Was hältst du davon, Father Bill?

Bevor ihm Leonard danken konnte, fuhr er fort. »Wir können nicht warten, bis der Krieg endet und der Norden uns befreit. Außerdem: Egal, wie er verläuft, Margaret wird uns niemals freiwillig ziehen lassen. Verstehst du?« Leonard reagierte nicht. »Es gibt ein Schiff, das in wenigen Tagen im Valley anlegt. An Bord sind Männer von der Underground Railroad, einer Gruppe, die Sklaven in die Freiheit bringt. Sie nehmen uns mit in den Norden. Dort sind wir frei. Wir werden in zwei Tagen in der Nacht aufbrechen. Aber jemand muss uns das Tor öffnen. Und nur du und Margaret habt den Schlüssel.« Leonard zögerte. »Kannst du das Tor für uns offenlassen? Ich stünde immer in deiner Schuld. Und ich weiß, dass du das tun möchtest. Du bist ein guter Mensch und mir ein guter Freund.«

Freund … Leonard spürte ein seltsam warmes Gefühl in seiner Brust aufsteigen. Niemand hatte ihn je so genannt. Er ließ sich zu einem zögerlichen Nicken hinreißen.

Die halbleere Bourbonflasche lag zwischen ihnen im Schnee. Leonards Finger griffen nach ihrem Hals und er kämpfte sich auf die Beine.

»Lass uns schlafen gehen.«

Aaron klopfte sich auf die Schenkel, er hatte Schwierigkeiten mit seinen alten Knochen und kam nur mit Leonards Hilfe auf die Beine.

»Aye. Danke für den Bourbon.« Seine kastanienbraunen Augen ließen Leonard nicht aus dem Blick. »Ich kann dir vertrauen, ja?«

Der verhängnisvolle Tag begann mit einer von Marges Teepartys, die sie abhielt, wenn sie sich einsam fühlte. Dafür lud sie immer wieder unterschiedliche Damen ein, mit denen sie über die biedersten Dinge diskutierte. Nur wenn ihre besten Freundinnen, Camilla Barton und Roberta Sherman, zu Gast waren, ließen sie sich ausgiebig über Politik und den Krieg aus. Marge wurde nicht müde, zu wiederholen, dass nur die beiden intelligent genug waren, um diese wichtigen Themen zu besprechen. Leonard saß immerzu in einer Ecke des Salons und starrte aus dem Fenster in den Schnee, während Aaron die Gästinnen bediente.

»24, Tee!« Marge hielt Aaron die Tasse hin.

Er schenkte ihr nach, blieb stets besonnen und ruhig, egal wie sehr Marge ihn anblaffte. Nur wenn Camilla und Roberta auf die Sklaverei zu sprechen kamen, da merkte Leonard, wie Aaron innehielt und die Teekanne in seinen Händen zitterte. Das war der Moment, in dem er sie abstellte.

»Stell dir vor, du verlässt am Sonntag dein Anwesen, um zum Gottesdienst zu gehen. Und plötzlich läuft dir einer von denen über den Weg. Oder sie folgen dir sogar in die Kirche und keiner kann sie aufhalten!« Camilla Barton griff sich an die Brust und zerknüllte mit der anderen Hand die Serviette auf dem Tisch.

»Na ja. Dafür kämpfen doch unsere tapferen Männer. Damit das nicht passiert«, beschwichtigte sie Marge. »John wird nicht ruhen, bis wir wieder in Frieden leben können.«

»Ja, aber stell dir das trotzdem mal vor, Marge«, begann Roberta Sherman, noch während sie ihren Brandy aufstieß, den sie heimlich aus dem Flachmann ihres Mannes trank, wenn keiner hinsah. »Die Sklaven sind frei und du bist allein im Dunkel der Nacht unterwegs. Die Haut, ich meine, man sieht sie nicht kommen, selbst wenn sie sich von vorn anschleichen!«

Marge winkte ab. »Der Wolf beschützt mich. Nicht wahr, Leonard? Du prügelst sie tot, wenn ich dich darum bitte.«

Jaja, was immer du sagst. Nicht wahr, Father Bill?

Leonard schwieg.

Marge drehte sich zu ihm um.

»Leonard?«

Er sah aus dem Fenster.

»Leonard!« Marge schlug mit der Faust auf den Tisch. Ihre Freundinnen zuckten zusammen. »Steh auf und schlag 24!«

»Was?« Leonard sah auf. »Warum?«

Hilflos sah er zu Aaron, der vor Entsetzen erstarrt war.

»Weil ich es sage! Schlag ihn!«

Immer das! Keiner da, der die Bestie aufhält. Keiner! Warum? Was ist daran gerecht?

Leonard spürte, wie seine Hände zitterten.

»Der böse Wolf gehorcht nicht«, bemerkte Camilla Barton und warf ihre Serviette auf den leeren Teller. »Ich weiß nicht, wie du es mit ihm aushältst, Margaret.«

Es waren Marges Augen, die ihm einmal mehr zuflüsterten, was ihn erwartete, wenn er sich verweigerte.

Deine Schläge, Father Bill. Die vergesse ich nicht so schnell. Und wie meintest du stets? Deine Schläge wären eine Gnade verglichen mit dem, was andere mit mir anrichten würden.

Leonard erhob sich.

Marge lächelte zufrieden. »Ich möchte, dass du ihn schlägst, bis ich seine Nase brechen höre!«

Leonard nahm sich ein Herz, um es schnell und möglichst schmerzlos für Aaron hinter sich zu bringen. Aaron zuckte zurück, trotzdem erwischte er ihn. Der alte Mann ging vor Leonard auf die Knie und hielt sich die Nase. Blut quoll über seine Finger.

»Braver Wolf.«

Marges Augen funkelten.

Als Leonard am Abend in die Baracke zurückkehrte, würdigten ihn die Sklaven keines Blickes. Aaron lag gekrümmt auf seinem Bett und hielt sich das Gesicht. Sein Hemd war voller Blut, er hatte kein zweites. Leonard wollte ihm sein eigenes anbieten, aber sie hielten ihn auf Abstand.

Also bewegte er sich vor die Baracke, trank allein seinen

Bourbon am Feuer. Die Menge an Schnee hatte sich im Vergleich zum Vorabend verdoppelt.

Wer hat Angst vorm bösen Wolf?

Leonard trank. Seine Hände zitterten. Vor Kälte oder Erregung, er konnte es nicht sagen. Leonard wollte nicht mehr so leben. Er stellte sich vor, wie er sich in einen Wolf verwandelte. Wie er Marge auflauerte und riss, wie ein Schaf. Gleichzeitig spürte er die Blicke der Menschen im Valley auf sich, die entsetzten Schreie von Father Bill, der ihm zurief, dass seine Seele nun endgültig verloren war.

Was ist eigentlich eine Seele, Father Bill? Schon wieder etwas, das du mir nie erklärt hast. Aber ja, du hast Recht. Ich habe auch nie gefragt. Ich hatte zu große Angst vor deinem Gürtel.

Aaron starb am nächsten Tag. Leonard hatte dem alten Mann nicht nur die Nase gebrochen, sondern auch den Schädel. Marge verbot, ihm ein Grab auszuheben, und schickte die Sklaven an die Arbeit. Es war Leonard, der ihn im Wald vor dem Anwesen der Familie Davis verscharrte. Unter Mühe, weil der Boden gefroren war. Als die erste Schaufel voll Erde Aarons Gesicht verbarg, glaubte er ein Flüstern aus der ausgehobenen Grube zu hören:

»Wer hat Angst vor dem bösen Wolf?«

Leonard betrachtete den toten Aaron. Er ging auf ein Knie und berührte sein Gesicht. Es war eiskalt.

Auge um Auge, Zahn um Zahn. Steht es nicht so in der Bibel, Father Bill? Ist das nicht eindeutig?

Am Abend öffnete Leonard das Tor. Er nahm sich Johns altes Gewehr, das ungesichert im Salon an der Wand hing und wartete.

Sie kamen gegen Mitternacht. Hatten sich aus den Baracken geschlichen, ohne viel Lärm zu machen. Als sie Leonard bemerkten, hielten sie inne. Dank des Kriegs waren nicht mehr viele der Männer übrig. Man hatte sie an die Front geholt. Die Alten, die Frauen und die Kinder, sie standen Leonard gegenüber und ließen den Lauf des Gewehrs nicht aus den Augen.

Und natürlich kam es, wie es kommen musste. Aber ich bin ehrlich, Father Bill. Hätte sie es nicht gemerkt und wäre aus dem Haus gekommen, ich wäre zu ihr gegangen. Es hätte keinen Unterschied gemacht. Verstehst du?

»Was soll das hier?« Marge hatte sie entdeckt. Vielleicht hatte sie

71

in ihrem leichten Schlaf die knarzenden Schritte im Schnee gehört.
»Geht zurück in eure Baracken!«

Sie rührten sich nicht. Marge verlor ein letztes Mal die Beherrschung.

»Leonard! Töte sie!«

In aller Seelenruhe senkte er den Lauf des Gewehrs.

Töten ist nicht einfach. Alles in dir schreit, es nicht zu tun. Es gibt kein Zurück. Aber da war diese Ruhe in mir. Und das feste Wissen, dass es so richtig ist.

»Was machst du da? Nein, Leonard!«

Die Kugel traf sie in den Kopf, Marge war sofort tot.

Während die Sklaven flohen, bewegte sich Leonard mit aller Gemach auf ihren Körper zu.

Ich hätte sie liegen lassen können. Aber das hätte nicht gereicht.

Er packte sie am Kragen und schleifte sie durch den Schnee hinein ins Haus. Im Salon prasselte ein Feuer.

Der gute Bourbon, ein bisschen habe ich noch übrig. Johns Abschiedsgeschenk für mich.

Der Teppich fing als erstes Feuer, dann Marges Morgenmantel, ihr Nachthemd und als letztes die Haare. Um Leonard herum stiegen die Flammen empor. Er ließ sich an Marges Seite nieder und wärmte sich die Hände.

Father Bill, was auch immer du sagen wirst, wenn du uns findest. Ich bin mir nun sicher. Meine Schuld ist getilgt.

PÊCHEUSE kam über die Idee für eine Fantasygeschichte zum Schreiben. Während diese über die Jahre Gestalt annahm, wuchs ihr Wunsch, Schriftstellerin zu werden. Den ersten Schritt zu ihrem Ziel machte sie 2018 mit der Veröffentlichung ihres ersten Romans *Die Hüterin von Riméa*, der von einer verfluchten Insel und einem grausamen Gott handelt. Neben ihrem Brotberuf als Apothekerin arbeitet sie derzeit am finalen Band der Fantasytrilogie.

Mehr Infos auf: www.pecheuseschreibt.de.

Mimikri

T. N. Weiß

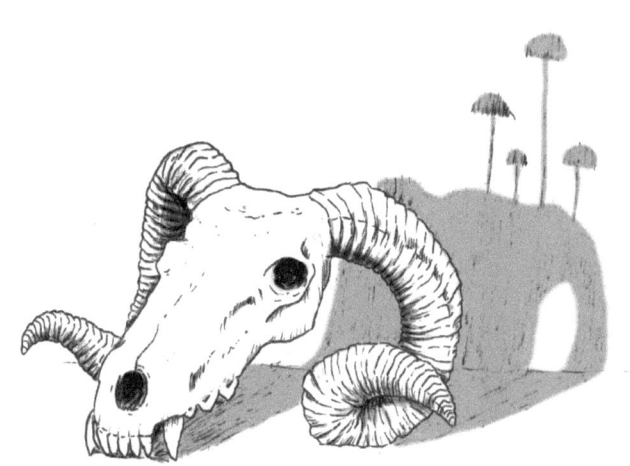

23 Tote bei Absturz von Interstellarkreuzer (NeuesVonHeute via Vasha-Link)

KYRDHOLAK, 16.06.14KA242 Durch den Absturz eines Interstellarkreuzers kamen alle 23 Crewmitglieder ums Leben, wie die Kolonialflotte am Morgen mitteilte.

Beim Landeanflug auf den Raumhafen Kyrdholak versagten die Bremssysteme und der Kreuzer stürzte 140 km westlich der Stadt auf die Halbinsel Kap Kyry. Was das Versagen der Systeme verursacht hat, ist noch unklar. Die Untersuchung der Wrackteile läuft zur Stunde noch.

In einem Umkreis von 50 km um die Absturzstelle kam es zu Lawinen und Erdrutschen. Die Überlandstraße zwischen Kourrysa und Kyrdholak ist derzeit an drei Stellen unpassierbar. Aufräumteams sind bereits vor Ort. Es wird erwartet, dass der übliche Personen- und Warenverkehr in zwei Tagen wieder aufgenommen werden kann.

NOTIZ 1 Start: 16:34; 11.08.14ka242

Kleine, gelbe Augen starren mich an.

Es ist ein altes Tier, 24 oder 25 Maiormonate. Sein Fell wird schon struppig, ein Horn ist abgebrochen. Es verlässt die Höhle bestimmt nicht mehr oft, aber seine Verwandten bringen ihm Beute.

Ob ich selbst Beute bin, weiß ich nicht.

Ich liege im Höhleneingang, dort, wo das Tageslicht noch hinkommt. Draußen heulen die kabatischen Winde. Angeblich nennt man die Gegend Drachenküste, weil die ersten Siedler dieses Heulen für Drachenrufe hielten. Ich habe zum ersten Mal eine Vorstellung davon, wie verängstigt sie gewesen sein müssen.

Auf meinen Exkursionen habe ich überall auf der Halbinsel die Spuren gesehen, die der Absturz dieses Interstellarkreuzers vor zwei Minormonaten in der Landschaft hinterlassen hat. Verwerfungen im Packeis vor der Küste, frische Geröllhalden im Landesinneren, die noch nicht ganz vom Landeis verdeckt sind.

Ich dachte, ich wäre vorsichtig genug.

Ich erinnere mich an den Sturz, aber nicht daran, was ihn ausgelöst hat. Meine Stiefel im Schnee, das leise Knattern des Thermoschirms, dann, plötzlich, das Gefühl des Fallens.

Thera!

Und nichts mehr.

Dass ich an sie gedacht habe in diesem Augenblick. Dass ich jetzt an sie denke.

Ich habe mir so fest vorgenommen, mit ihr zu sprechen. Endlich einmal mutig sein, endlich einmal diese bescheuerte Menschenmaske abnehmen und ...

Jetzt ist es zu spät. Ich habe Kopfschmerzen, Blutergüsse am ganzen Körper und wahrscheinlich ist mein Bein gebrochen. Ich kann nicht aufstehen.

Das Tippen fällt mir schwer. Nicht nur, weil ich es nicht gewohnt bin. Mit dem Implantat kriege ich keine Verbindung für Telepatho-Skript. Wenn ich es betaste, sticht es in meiner Schläfe, als ob mir jemand einen Spieß in den Kopf rammt. Wahrscheinlich ist es beim Sturz beschädigt worden.

Ich kann Sätze formulieren, das ist ein gutes Zeichen. Ob sie Sinn ergeben werden, wenn jemand anderes sie liest? Wenn jemand sie jemals liest. Wenn irgendwer irgendwann das Tablet findet.

In die Höhle gefallen kann ich nicht sein und ich glaube auch nicht, dass diese alte Wolfsziege mich hier hereingezerrt hat.

Ich sehe viele Spuren im Schnee. Es müssen weitere Tiere in der Nähe sein. Eine wandernde Gruppe auf der Suche nach einem neuen Revier? Oder sogar das lokale Rudel?

Bei meinem letzten Forschungsaufenthalt hier habe ich es beobachtet, aber da war seine Haupthöhle weiter unten in Küstennähe. Hat das Rudel seinen Sitz verlegt? Oder sind es doch Streuner?

Und warum haben sie mich nicht totgebissen, bevor sie mich hierhergeschleppt haben? Das tun sie sonst immer mit ihrer Beute.

Meine Strahlenpistole ist nicht da. Wahrscheinlich liegt sie irgendwo draußen im Schnee. Auch sonst habe ich keine Ausrüstung dabei. Das Tablet hat den Sturz in der Brusttasche des Anoraks überstanden und auch der integrierte Thermoschirm funktioniert zum Glück noch. Sonst wäre ich nicht wieder aufgewacht. Sogar tagsüber herrschen hier jetzt, zum Herbstanfang, Temperaturen unter -40°C.

Ansonsten habe ich ein Feuerzeug, eine Packung Taschentücher und ein Päckchen Bonbons. Nichts, was mir weiterhilft.

AUSSCHNITT AUS: BREMYS' TIERLEBEN, BAND 14: U–W, S. 584

Wolfsziege, die kram. *nori mele*, auf ganz Ralia I-IX (Kaneth) verbreitete Carnivoren aus der Ordnung der Mesonychia. Adulte Tiere können eine Schulterhöhe von 1,80 m erreichen. Sie verfügen über bis zu 1 m lange, leicht gewundene Hörner und dichten weißen Pelz.

Obwohl Wolfsziegen sich dem Aussehen der gemeinen Eisziege angeglichen haben (Mimikri), können sie anhand einiger Merkmale zweifelsfrei identifiziert werden: Die Hörner weisen zumeist nur ein oder zwei Windungen auf; außerdem handelt es sich zwar um huftragende Zehenspitzengänger, doch ist der Mittelhand- bzw. Mittelfußknochen relativ kurz, sodass ihnen der huftiertypische steife Gang fehlt. Ihnen ist dagegen der schleichende Gang der Pantherinae zu eigen.

Genetischen Untersuchungen zufolge sind die nächsten lebenden Verwandten der Wolfsziegen die Säbelzahnschweine im nördlichen Noriwasa auf Ralia I-V (Donïela), allerdings wurde auch eine entfernte evolutionsgeschichtliche Verwandtschaft zu den Wuina und sogar den Niru festgestellt.

Die Wolfsziege spielt eine lebhafte Rolle in der Folklore vieler kanethischer Kulturen. In der lanvaynischen

Föderation heißt es, die Wolfsziege rufe in dunklen Winternächten mit einer Menschenstimme, um Unvorsichtige anzulocken. In den ländlichen Regionen Vasharynias dagegen sagt man ihr nach, sich in Menschengestalt in Dörfer zu schleichen, um Unvorsichtige hinaus in die Eiswüste zu locken und zu fressen.

Auch im Sprichwort hat die Wolfsziege ihre Spur hinterlassen:
»von der Ziege getäuscht«
»blutrünstig wie eine Wolfsziege«
»Er/sie/dey hat eine Wolfsziege geheiratet.«

NOTIZ 2 Start: 21:43; 11.08.14ka242

Das Rudel ist zurückgekommen, als die ersten Sterne durch den Höhleneingang schienen.

Eine hat mich am Anorak gepackt und mitgeschleift, als sie sich tiefer in die Höhle zurückzogen. Ich habe vor Schmerz gebrüllt.

Auf einmal legte sie mich wieder ab. Sie schob vorsichtig die Hörner unter mich, sodass sie mich anheben und über den Nacken auf den Rücken gleiten lassen konnte.

Es ist überraschend weich und bequem, so getragen zu werden.

Das hier muss das Kap-Kyry-Rudel sein. Es sind jedenfalls zu viele Tiere, um

Ich musste das Schreiben für eine Weile unterbrechen. Eine der Wolfsziegen ist ganz nah herangekommen, bis ihr Maul fast meine Hand über dem Tablet berührt hat. So ist sie eine Weile geblieben. Ihr Atem ließ das Display beschlagen. Dann hat sie sich neben mich gelegt. Sie gibt warm.

Das Display und ein wenig Leuchtmoos unter der Decke sind die einzigen Lichtquellen. Ich zähle acht erwachsene Tiere. Weiter hinten sind fünf Jungtiere, glaube ich.

Jetzt liegen sie beieinander und verbringen den Abend mit Fellpflege. Glubsch, die immer wieder mein Tablet beäugt, leckt auch ab und zu an meinen Kleidern.

Nach der allseitigen Fellpflege gibt es eine Ruhephase. Die Wolfsziegen dösen. Nur Glubsch ist wach und schaut mir beim Schreiben zu.

Es ist spät, ich habe Schmerzen und bin erschöpft. Mein Kopf dröhnt wie ein Frachtgleiterpropeller, trotzdem fallen mir immer wieder die Augen zu. Dann schrecke ich hoch, weil ich eine Wolfsziege grunzen höre und etwas tief in mir meint, die ewige Leere der Enio schon rufen zu hören.

Glubsch wird mich nicht fressen.

Ich habe oft beobachtet, wie Wolfsziegen mit ihrer Beute verfahren und das ist vor allem: effizient. Das Beutetier wird vom Rudel mit Hornstößen und Hufschlägen traktiert, bis es zu Boden geht. Dann wird es mit den Hörnern unten gehalten und die Matriarchin des Rudels beißt ihm in die Kehle, bis es sich nicht mehr rührt. Die Beute wird in die Höhle geschleppt und gefressen.

Aber Glubsch hat versucht, mich zu putzen wie eine andere Ziege. Sie kuschelt mit mir. Sie behandelt mich wie ein Rudelmitglied.

Warum?

Ich habe Angst vor der Hoffnung. Ich will keine Hoffnung. Hoffnung kann enttäuscht werden und dann ist der Schmerz umso größer.

Aber wenn ich es schaffe? Wenn ich überlebe? Wenn ich noch eine Chance habe? Werde ich dann mutig genug sein, mit Thera zu sprechen? Der Algorithmus meint, dass wir nicht zusammenpassen. Ich hab ja nachgeschaut. Aber nur mit ihr sprechen?

NOTIZ 4 Start 07:32; 12.08.14ka242

Irgendwann ist Bewegung in das Rudel gekommen. Sie haben sich gestreckt, sich angebellt, geschnaubt und gegrunzt, dann ging es wieder hinaus. Eine hat mich getragen, bis an die Stelle am Höhleneingang, an der ich gestern zu mir gekommen bin.

Jetzt sitze ich wieder dort. Oma starrt mich nicht mehr so penetrant an wie gestern. Sie schließt jetzt ab und zu die Augen und seufzt tief. Vielleicht bin ich vertrauenswürdig, nachdem ich eine

Nacht an Glubschs Fell gekuschelt geschlafen habe.

Von der kristallinen Todesangst von gestern ist seltsamerweise nichts in meinen Notizen zu finden. Aber ich wüsste auch nicht, wie ich so ein Gefühl in Worte fassen sollte. Kristallin. Unbarmherzig hart und klar.

Ich war überzeugt, dass ich sterben würde.

Egal.

Ich lebe.

Die größte Gefahr ist nicht, vom Rudel gefressen zu werden. Meinen Durst kann ich mit etwas Schnee stillen, der in der Nacht in den Höhleneingang geweht wurde. Aber ich habe schrecklich Hunger. Und ein anderes dringendes Bedürfnis.

Es war nicht leicht, aus der Höhle zu kommen. Ich kann mit dem gebrochenen Bein nur langsam kriechen. Das erste Mal hat Oma mich zurückgezogen. Ich habe auf sie eingeredet und gestikuliert, um ihr klarzumachen, was ich will. Sie ist dann mitgekommen und hat mich nicht aus den Augen gelassen.

Davon abgesehen, dass es mitten in der verschneiten Wildnis, weit jenseits aller Thermoschirme, unerträglich kalt ist ... Von einer alten Wolfsziege dabei angestarrt zu werden, macht es keinen Deut besser!

Aus dieser unangenehmen Episode lerne ich zwei Dinge:

Die Ziegen sind intelligenter, als ich angenommen habe. Oma hat verstanden, dass ich einen wichtigen Grund zum Verlassen der Höhle hatte. Sie vertraut mir aber nicht genug, um mich allein gehen zu lassen.

Außerdem hatte ich vom Hang aus eine gute Aussicht. Im Osten konnte ich die Stratosphärentürme des Raumhafens Kyrdholak sehen und sogar das Lichtspektakel, als ein Interstellarkreuzer in die Atmosphäre eintrat. Ich muss also auf der Ostseite des Höhenzugs sein. Sie haben mich weit getragen. War ich die ganze Zeit bewusstlos? Oder erinnere ich mich nur nicht?

Ist es nicht bizarr, dass dort in kaum 100 Kilometern Entfernung Interstellarpiloten aus dem All zurückkehren und Siedler zu den

Kolonien aufbrechen, während ich hier schmutzig und zerschlagen in einer Wolfsziegenhöhle liege, mit einem funktionierenden Tablet, aber ohne Empfang?

Ich habe mich in der Wildnis immer wohler gefühlt als in der Stadt mit ihren tausend Verhaltensregeln, den immer neuen sinnlosen Trends, diesem endlosen leeren Gerede.

Es ist mir immer vorgekommen, als müsste ich mir eine Verkleidung anziehen, um dort überleben zu können, eine Verkleidung aus Schweigen und Konformität. Wie eine Wolfsziege im Märchen, die sich eine Menschenhaut überzieht.

Hier draußen ist immer alles klar und einfach. Hier brauche ich keine Verkleidung. Wenn es nur etwas zu essen gäbe, und ein Medi-Notfallset …

Thera hatte das mit der Verkleidung einfach nicht drauf. Ständig ist sie aufgefallen.

Das macht die Leute nervös, ich habe es oft genug erlebt. »Mit der stimmt doch was nicht.« »Seltsame Person.« Wenn sie denn etwas sagen und nicht einfach die Stirn runzeln und dich meiden. Als hätten sie Angst, dass da wirklich ein Raubtier ist.

Ich habe mich nicht getraut, Thera anzurufen, bevor ich aufgebrochen bin. Ich hatte es mir so fest vorgenommen. Nur ein paar Worte, Verständnis, Anerkennung, das hätte gereicht. Ihr meine Liebe zu gestehen, das hätte ich mich sowieso nicht getraut. Und wir passen ja auch gar nicht zusammen. Ich wollte ihr nur zeigen, dass ich sie verstehe. Aber ich habe es aufgeschoben, wieder und wieder, verdammtes feiges Schneehuhn, und sie allein gelassen.

NOTIZ 5 Start: 20:10; 12.08.14ka242

Ich habe inzwischen alle Bonbons aus meiner Packung gegessen. Eigentlich wollte ich sie mir einteilen. Aber mein Zeitgefühl und meine Selbstbeherrschung lassen zu wünschen übrig.

Meine Gastgeberinnen haben mir ein Stück Eisziegenkadaver angeboten. Noch lehne ich ab.

Die Jungtiere aus dem letzten Maiormonat bilden zusammen eine Kindergruppe, die meistens von den Zweitmaiorigen beaufsichtigt wird. Vom Höhlenausgang aus habe ich sie im Tal spielen sehen.

Währenddessen geht Glubsch mit den Drittmaiorigen auf die Jagd. Lange werden Letztere aber nicht mehr beim Rudel bleiben, glaube ich. Sie sind fast ausgewachsen.

Wer fehlt, ist der Vater. Ein Wolfsziegenrudel besteht normalerweise aus einem Elternpaar, eventuell Großeltern wie Oma, und den Jungtieren.

Ich glaube weiterhin, dass ich es mit dem Kap-Kyry-Rudel zu tun habe. Wenn das so ist, hat es allerdings seit meinem letzten Forschungsaufenthalt hier einige Mitglieder verloren und Omas Horn ist abgebrochen.

Glubsch hat jedes Jungtier kurz beschnüffelt und beschleckt – mich auch –, als sie in die Höhle zurückgekehrt sind, und auch Oma hat eine Runde gedreht und alle begrüßt. Jetzt putzen sie sich wieder gegenseitig.

Ich musste das Tablet weglegen, weil ich an der Reihe war. Glubsch und Putz haben mich beschleckt, vor allem Haare und Gesicht. Das Synthetikmaterial meiner Kleider mögen sie nicht.

Ich habe versucht, höflich zu sein und mich zu revanchieren, indem ich ihnen die Hälse gekrault habe. Das hat Putz gefallen. Er hat geseufzt und an meiner Schulter geknabbert. Ich glaube, wir sind jetzt Freunde.

Später hat sich Glubsch an meinem Tablet zu schaffen gemacht. Sie war ja schon gestern Abend interessiert. Aber inzwischen glaube ich, da ist mehr.

Sie hat das Tablet in die Mitte der Höhle geschoben und von weiter hinten trockenes Moos geholt, das sie daraufgelegt hat.

Nach einer Weile hat sie das Tablet mit der Schnauze angestubst, wodurch der Bildschirm aufleuchtete.

Dann wartete sie. Ich habe so ein Verhalten noch nie gesehen.

Mein Magen hat laut geknurrt. So laut, dass Putz aufgehört hat, sich zu putzen, und mich angestarrt hat. Dann ist er aufgesprungen und in einem Gang verschwunden, von dem ich glaube, dass er tiefer ins Höhlensystem führt.

Und ich sitze hier und weiß nicht, was mehr wehtut: mein Bauch oder mein Kopf. Was hier passiert, verstehe ich schon lange nicht mehr.

NOTIZ 6 Start: 08:54; 13.08.14ka242

Gestern Nacht hat Putz mir Pilze aus den Gängen geholt. Er hat sogar selbst einen gegessen, um mir zu zeigen, dass sie genießbar sind. Ich könnte mir vorstellen, dass die Pilze ihnen öfter über Notzeiten hinweghelfen.

Sie schmecken nicht besonders. Aber der schlimmste Hunger ist gestillt und ich konnte ruhig schlafen. Sogar die Kopfschmerzen sind besser geworden.

Ich liege wieder im Höhleneingang, an Oma gekuschelt, habe Pilze als Tagesverpflegung dabei und schaue hinaus auf den aufgehenden Maiormond. Die kabatischen Böen fegen Nebel aus Pulverschnee durch die Täler.

Vielleicht überlebe ich hier beim Rudel, bis mein Bein verheilt ist und ich zur Straße laufen kann.

Irgendwann im Studium habe ich mal gelesen, dass die Ruinenbauer vor Äonen die natürlichen Gasvorkommen unseres Planeten gefördert und zu den Monden transportiert haben könnten. Nur darum ist dieser vereiste Felsen weit draußen im All überhaupt bewohnbar. Und so könnte man unsere brennenden Monde und die gewaltigen Höhlensysteme erklären, die den Kontinent durchlöchern.

Aber wie sollen sie das angestellt haben, frage ich mich. Wie sollen die vor Äonen solche technischen Wunderleistungen vollbracht haben, während ich als Vertreterin der durchtechnisiertesten Zivilisation unserer Epoche hier in einer beschissenen Wolfsziegenhöhle liege und keinen Empfang habe??????????

Wolfsziegenfell ist so weich.

Wenn ich lebend nach Kyrdholak zurückkomme, werde ich Thera anrufen. Ganz bestimmt. Ich werde ihr sagen, dass ich seit vorletztem Maiormond nur in die Hoka Bar gekommen bin, um sie zu sehen. Dass sie meine Welt zum Leuchten bringt und ich sie jeden Tag, jeden Augenblick, um mich haben will.

Und wenn das dumme, irrationale Verliebtheit ist, was soll's? Warum sollen wir denn stumpf aneinander vorbeileben wie Drohnen, die nur ihre vorgezeichneten Wege kennen?

Was soll so ein Dating-Algorithmus denn besser wissen als dieses unendlich warme Gefühl in meinem Bauch, das immer aufsteigt, wenn ich sie sehe? War so ein Algorithmus schon mal verliebt?

Und wenn es keine Zukunft hat, ist es deswegen doch nicht egal. Sie hat ein Visum für Shashynia VI gekriegt und wird Lichtjahre von hier entfernt ein neues Leben anfangenb.

Sogar wenn ich mich shcrecklich blamiere, was macht das schon?

Wir sehen uns sowieso nie wieder

ist es nicht verrückt sich so eine dämliche menschenverkleidung anzuzuziehen und sich an regenl und konventionen und den ganzen kRam zu halten und für was eigenltich irgendwann stirbst du und es kümmert nimanden weil alle zu beschäftigt damit sind unaufffällig zu sein und sich nichts amnerken

am ende bist du nur ein eMeldung auf einem beschisssenen newskanal

das sytsem schnurrt weiter und was ist schon ein Leben

Notiz 8 Start: 23:47; 13.08.14ka242

Das Feuer brennt und wirft wilde Schatten an die Wände. Es ist warm. So warm, dass ich zum ersten Mal seit Tagen meinen Anorak ausziehen kann.

Es war unglaublich, mitanzusehen, wie sie ihre Beute mit Huf- und Hornstößen und geschickten Bissen gehäutet und zerlegt haben. Sie schärfen sich die Hornspitzen an den Felswänden und benutzen sie wie Messer. Sie rammen die Fleischstücke auf angespitzte Knochen, um sie über dem Feuer zu garen.

Jetzt tanzen und singen sie.
Da ist ein Rhythmus in diesem Stampfen und Bellen.
Glubsch schreit schrill. Sie richtet sich auf und schwenkt die Hörner, bevor sie sie niederwirft und wieder schreit.
Es klingt traurig.
Die anderen ahmen sie nach. Dann gehen sie wieder zum Stampfen und Bellen über.

Ich habe erst verstanden, was Glubsch von mir will, als sie mir ein Stück verkohltes Moos gebracht hat. Ein Feuer sollte ich für sie anzünden.

Jetzt sitze ich an der Höhlenwand und esse von dem verkohlten Fleisch und den Pilzen. Sie schmecken auch warm nicht besser.

Glubsch reibt ihre Hörner mit dem verkohlten Moos ein und zeichnet etwas an die Wände.

Ich glaube, es soll eine Höhle sein, mit Wolfsziegen darin. Ein Bock und ein paar Jungtiere, die um ein Feuer liegen.
Das sind die fehlenden Rudelmitglieder. Ihr Gefährte und die Jungtiere. Habe ich einem Trauerritual zugesehen?
»Was ist passiert?«, habe ich sie gefragt.
Glubsch hat auch etwas gesagt. Irgendein Krächzen und Kläffen.
Ich frage mich, ob ich ihre Laute mit genug Zeit entschlüsseln könnte. Man könnte Decoder programmieren und mit ihnen reden. Heute kann man sich das gar nicht mehr vorstellen, aber bis vor zwei Jahrzehnten konnten wir auch mit den Wuina nur gestisch und schriftlich kommunizieren. Zu unterschiedliche Stimmapparate.
Glubsch hat verstanden, dass ich sie nicht verstehen kann. Wahrscheinlich versteht sie mich auch nicht.

Also hat sie es mir gezeigt: Hornspitze auf die gezeichnete Höhlendecke. Nach unten.

War es der Absturz? Ist ihre Höhle eingestürzt? Ich kann nur raten.

VERMISSTE BIOLOGIN NACH STURZ SICHER IN KYRDHOLAKER KLINIK (NEUESVONHEUTE VIA VASHA-LINK)

KYRDHOLAK, 14.08.14KA242 Die gestern als vermisst gemeldete Biologin Pally Bodhyra ist am Morgen an der Überlandstraße zwischen Kyrdholak und Kourrysa gefunden worden. Zur Stunde wird sie im städtischen Klinikzentrum behandelt.

Die Untersuchung des Vorfalls läuft noch, aber einer Meldung der Regionalsicherheit Südwest zufolge, hat die Biologin nach einem schweren Sturz drei Tage unter den härtesten Bedingungen überlebt und sich bis zur Straße geschleppt.

Ihre eigene Version der Ereignisse ist vermutlich der Gehirnerschütterung und dem Verzehr einer unbekannten Pilzart zuzuschreiben. Wie Professora Thary Shellin vom Institut für kanethische Landtiere, Tenische Akademie, uns versichert, gehören die Schauergeschichten von sprechenden Wolfsziegen, die sich seit dem Vormittag auf Vasha-Link verbreiten, ins Reich der Fantasie.

SICHERHEITSVIDEO, BESUCHERBEREICH, STÄDTISCHES KLINIKZENTRUM KYRDHOLAK, 20.08.14KA242

BESUCHERIN *[dreht ihre Besucherkarte in den Händen]* Ich weiß nicht … Es gab so viel Gerede. Vasha-Link war ein paar Tage voll davon. Meinst du denn, dass das stimmt, was du dem Frachtpiloten da erzählt hast?

PATIENTIN *[reibt sich die Unterarme]* Keine Ahnung. Ich weiß, was ich aufgeschrieben habe, und ich erinnere mich daran *[Pause]* oder jedenfalls glaube ich das. Es wirkt jetzt alles so surreal.

BESUCHERIN Da waren echt Wolfsziegen?

PATIENTIN Ja. Echt. Sie haben mich doch zur Straße gebracht. Wie hätte ich das denn selbst schaffen sollen? *[Pause]* Und du willst weggehen?

BESUCHERIN *[nickt]* Ein Neuanfang.

PATIENTIN Ich wollte dich eigentlich anrufen, bevor ich zur Drachenküste aufgebrochen bin. Wie sie da in der Bar mit dir umgegangen sind *[Pause]* Das war richtig scheiße. Das hat niemand verdient.

BESUCHERIN *[Pause]* Danke.

PATIENTIN Eigentlich hätte ich damals direkt was sagen sollen. Aber *[bricht ab]*

BESUCHERIN *[schaut weg]* Ich versteh's.

PATIENTIN Ich *[Pause]* Weißt du, eigentlich *[Pause]* Verdammt, ich hab mir so genau überlegt, was ich sagen will *[Pause]* Also, ich *[Pause]* Ich war zwischendrin wirklich nicht ganz bei mir, glaube ich, aber das, was ich über dich geschrieben habe, stimmt. Komplett.

BESUCHERIN Über mich?

PATIENTIN *[zieht eine Datei aus ihrem Telepatho-Implantat und schnippt es der Besucherin zu]* Hier. Das *[Pause]* das sind meine Notizen von der Zeit da draußen. Was da drin steht *[Pause]* Das sind die besten Worte für dich, die ich habe. Bitte lies sie.

T. N. WEISS ist Literarhistoriker und hat sich auf den Hügelgräberhöhen westlich von Stuttgart eingerichtet. Nicht in einem Hügelgrab, wohlgemerkt. Schreiberisch ist er in der Phantastik daheim: Während die Kurzgeschichten die Zukunft seiner fantastischen Welt(en) erforschen, erkundet der in Arbeit befindliche Debütroman eine Epoche der Umbrüche zwischen Tradition und Fortschritt.

Infos und Neuigkeiten finden sich auf Instagram unter @tn.weiss.

Content Notes

Immenwolf
Häusliche Gewalt, Diskriminierung, Grusel, Parasiten,
Tiertod (Bienen, Schafe), Mord

Witiko
Blut, Bodyhorror, Rassismus, Gewalt, Kannibalismus,
Psychosen, Tod, Verstümmelung

Der Whisky
Tod

Homo homini lupus
Armut, Blut, Brand, dissoziatives Verhalten, Essen,
Gewalt (auch gegen Kinder), Kannibalismus, Krieg (erwähnt),
unangenehme Geräusche, Verwahrlosung, Waffen, Tod

Der heilige Mahahimal
Drohendes Erfrieren, Erfrierungen, Bergsteigen,
Erwähnung von Leichen

Kleiner böser Wolf
Rassismus, Mord, Sklaverei, Gewalt gegen Kinder

Mimikri
Flugunglück, Tod, Verzehr von rohem Fleisch,
Verzehr halluzinogener Pilze

MIX

Papier | Fördert
gute Waldnutzung

FSC® C083411

Zeitfracht Medien GmbH
Ferdinand-Jühlke-Straße 7
99095 Erfurt, Deutschland
produktsicherheit@kolibri360.de